KB272236

바라건대

바라건대

강경애와 한유주

소
설

잇 다

작가
정신

최초의 근대 여성 작가 김명순이 데뷔한 지 한 세기가 지났습니다. '소설, 잇다'는 강경애, 나혜석, 백신애, 지하련, 이선희 등 활발한 작품 활동을 이어나갔으나 충분히 언급되지 못한 대표 근대 여성 작가들의 주요 작품을 오늘날 사랑받는 현대 작가들의 작품과 나란히 읽는 시리즈입니다. '소설, 잇다'는 풍요로운 결을 지닌 근현대 작가들의 소설을 독자들과 함께 읽고자 합니다.

근대 리얼리즘 문학의 선구자로 평가받는 강경애는 극한의 궁핍에 내몰린 하층계급의 삶을 통해 식민지 조선의 현실을 사실적으로 그려냈습니다. 그의 작품은 주로 사회주의와 계급주의 등으로 대표되는데 수록작인 「소금」 「지하촌」 「원고료 이백 원」에도 이러한 주제의식이 잘 나타나 있습니다. 간도로 이주해 그곳에서 작품 대부분을 발표했던 그는 하층민이자 여성, 이주민이라는 약자의 위치에서 배제와 차별을 감내해야 했습니다. 하지만 자신을 둘러싼 다중적 경계에서 글을 썼기에 당대 어느 작가보다도 구조적 모순과 불평등 문제를 깊이 있게 통찰하고 진일보한 전망을 제시했다는 평가를 받았습니다. 그의 작품 속 인물들은 단순히 고통에 신음하고 학대받는 데 그치지 않고 그 속에서도 인간의 존엄을 향해 나아가고 있습니다.

한유주는 전통적 서사를 탈피한 실험적이고 해체적인 글쓰기로 독

보적인 작품 세계를 구축했습니다. 극적인 플롯이나 사건 대신 파편화된 이미지와 사유에 집중하는 그의 작품들은 우리가 발 디딘 시공간을 낯설고 새로운 눈으로 바라보게 합니다. 그는 야만적인 미디어 문명과 세계의 폭력성을 그린 첫 소설집 『달로』부터 『얼음의 책』 『불가능한 동화』 『연대기』에 이르기까지, '쓰기'라는 방식 자체를 전면화하여 문학의 본질을 집요하게 탐구했습니다. 또한 언어의 반복과 분절, 인물의 비인칭, 장면의 파쇄, 비선형적 전개 등 이야기를 구성하지 않고도 계속 이야기를 펼쳐나가는 역설 속에서 소설의 새로운 가능성을 발견해 보였습니다.

강경애와 한유주는 그들에게 지워진 결핍과 한계를 벗고, 경계를 넘고 또 계속 확장해나가며 자신만의 '모험'을 감행했다는 점에서 서로 닮아 있습니다. 일제 치하, 생활고와 병마라는 삼중고 속에서 글을 쓰면서도 인간에 대한 연민과 희망을 놓지 않았던 작가 강경애. 그리고 백 년의 시간을 건너 그의 옆에 나란히 선 작가 한유주. 이곳에 더 넓고 더 큰 세계를 품은 그들의 이야기가 마련되어 있습니다.

편집부

차례

일러두기

* 「소금」과 「원고료 이백 원」은 잡지 연재본을, 「지하촌」은 1939년에 출간 된 『여류단편걸작집』(조선일보사 출판부)을 저본으로 삼았고, 본문 마지막 에 발표 지면을 명기했다. 또한 발표 연대별로 작품을 수록했다.

* 본문은 현행 한글맞춤법과 외래어표기법에 따랐으나, 작품 분위기에 영 향을 주는 구어체 표현, 방언, 일본어, 의성어, 의태어 등은 최대한 원문 을 살렸다.

* 원문의 문장 표기는 현행 표기에 맞게 고쳤다. 대화나 인용은 " ", 생각이 나 강조는 ' ', 책 제목은 『 』, 글 제목은 「 」, 잡지나 신문의 이름은 《 》, 영 화, 연극, 노래 등은 〈 〉로 통일했다.

* 원문의 한자는 가급적 한글로 바꾸었고, 작품 이해를 위해 필요한 경우 에는 한자를 병기했다.

* 원문에서 판독할 수 없는 부분은 □로 표시하고, 기타 부호는 원문에 있 는 대로 표기했다.

강경애

"굶는다는 것은 차라리 죽음보다도, 무엇보다 무서운 것이다."(「소금」).

빈궁문학, 간도문학의 대표주자로 일컬어지는 강경애는 1906년 황해도 송화에서 태어나 네 살 때 아버지를 여의고, 극심한 가난에 시달리다 재가한 어머니를 따라 장연으로 이주했다. 의붓형제들에게 매일같이 학대를 당했고 여덟 살 때 『춘향전』으로 한글을 깨쳤다. 『삼국지』 『옥루몽』 등을 독파했으며 중학교에 들어가서도 작문에 능했다. 형부의 도움으로 어렵사리 학업을 이어가던 그는 무엇이든지 주장해본 적이 없을 만큼 유약한 성격이었다고 한다.

그러나 그는 숭의여학교 3학년 재학 중 보수적인 기독교 교육에 반발하여 동맹휴학을 이끌다 퇴학 처분을 받고, 항일운동 및 여성운동 단체인 근우회의 장연지회 간부로 활동했다. 흥풍야학교를 세워 농민들을 지도하기도 했다. 1931년 장하일과 결혼하면서 간도로 이주하고, 1934년 방적공장 여성 노동자의 삶을 통해 식민 치하의 참상을 그려낸 역작 『인간문제』를 발표한다.

**

일찍이 곤궁한 삶을 체감해온 강경애는 이주민과 노동자의 열악한 환경 속에서 사회적 모순과 불합리를 직접 목격했다. 간도 이주민들의 일상은 고단하고 불안했으며, 긴장과 절망으로 얼룩진 풍경이 바로 그의 눈에 담긴 식민지 조선이 처한 현실이었다. 이러한 경험은 문학적 주제를 형성하는 계기가 되었고, 작품 속에서 인간의 고통과 존엄을 바라보는 시선으로 이어지게 된다. 강경애는 자신의 몸에 아로새겨진 배제와 차별을 창작의 동력으로 삼아, 고발적 리얼리즘의 차원을 넘어 사회구조적 모순을 적극적으로 타개하려는 방향으로 나아갈 수 있었다.

"오냐, 작가로서의 사명이 뭐냐. 이 현실을 누구보다도 똑똑히 보고 또 해부하여 가지고 작품을 통하여 일반 대중에게 나타내 보이는 데 있는 것이 아니냐"(「어촌점묘」)라고 말했던 강경애. 그는 하층민 계급으로서, 여성으로서, 이주민으로서 언제나 낮고 좁은 곳에 있었지만 현실을 직시하고 돌파하겠다는 작가로서의 사명을 놓지 않았다. 비참의 극한까지 몰아붙이며 과감하게 그려 보인 강경애의 '빈궁'은 어쩌면 인간다운 삶에 대한 강렬한 욕망과 의지가 아니었을까. 사력을 다해 소금 자루를 머리에 이고 한 걸음씩 내딛던 봉염 어머니처럼. 가장 궁핍한 시대에 가장 뜨거운 언어로 쓰인 강경애의 작품들이 지금도 여전히, 더욱 적실하게 문학적 증언으로 가닿는 까닭이다.

소설

*

소금

1. 농가

용정서 팡둥(중국인 지주)이 왔다고 기별이 오므로 남편은 벽에 걸어두고 아끼던 수목 두루마기를 꺼내 입고 문밖을 나갔다. 봉식 어머니는 어쩐지 불안을 금치 못하여 문을 열고 바쁘게 가는 남편의 뒷모양을 물끄러미 바라보았다. 참말 팡둥이 왔을까? 혹은 자×단*들이 또 돈을 달라려고 거짓 팡둥이 왔다고 하여 남편을 데려가지 않는가? 하며 그는 울고 싶었다. 동시에 그들의 성화를 날마다 받으면서도 불평 한마디 토하지 못하고 터들터

---

* 자위단(自衛團). 의병을 탄압하고 반민족적 행위에 앞장선 조직.

들 애쓰는 남편이 끝없이 불쌍하고도 가엾어 보이었다. 지금도 저렇게 가고 있지 않는가! 그는 한숨을 푹 쉬며 없는 사람은 내고 남이고 모두 죽어야 그 고생을 면할 게야, 별수가 있나, 그저 죽어야 해 하고 탄식하였다. 그리고 무심히 그는 벽을 긁고 있는 그의 손톱을 발견하였다. 보기 싫게 긴 그의 손톱을 한참이나 바라보는 그는 사람 목숨이란 끊기 쉬운 반면에 역시 끊기 어려운 것이라 하였다.

그들이 바가지 몇 짝을 달고 고향서 떠날 때는 마치 끝도 없는 망망한 바다를 향하여 죽음의 길을 떠나는 듯 뭐라고 형용하여 아픈 가슴을 설명할 수 없었다. 그러나 불행 중 다행으로 이곳까지 와서 어떤 중국인의 땅을 얻어가지고 농사를 짓게 되었으나 중국 군대인 보위단保衛團들에게 날마다 위협을 당하여 죽지 못해서 그날그날을 살아가곤 하였다. 그러기에 그들은 아침 일어나는 길로 하늘을 향하여 오늘 무사히 보내기를 빌었다.

보위단들은 그들이 받는바 월급만으로는 살 수가 없으니 농촌으로 돌아다니며 한 번 두 번 빼앗기 시작한 것이 지금에 와서는 으레 할 것으로 알고 아무 주저 없이 백주에도 농민을 위협하여 빼앗곤 하였다. 그러니 농민들은 보위단 몫으로 언제나 돈이나 기타 쌀을 준비해두지 않으면 목숨이 위태한 것을 깨닫고 아무것은 못 하더라도 준비해두곤 하였다. 그동안 이어 나타난 것이 공산당이었으니 그 후로 지주와 보위단들은 무서워서 전부 도시로 몰리고 간혹 농촌으로 순회를 한다더라도 공산당이 있는 구역에는 감히 들어오지를 못하게 되었다. 그러나 시국이 바뀌며 공산당이 쫓기어 들어가면서부터 자×단들이 나타나게 된 것이었다.

그는 그의 손톱을 바라보며 몇 번이나 보위단들에게 죽을 뻔하던 것을 생각하며 그나마 오늘까지 목숨이 붙어 있는 것이 기적같이 생삭되었다. 그리고 남편을 찾았을 때 벌써 남편의 모양은 보이지 않았다. 그는 멀리 토담 위에 휘날리는 깃발을 바라보며 남편이 이젠 건넛마을까지 갔는가 하였다. 그리고 잠깐 잊었던 불안이 또다시 가슴에 답답하도록 치민다. 남편의 말을 들으니 자×단들에게 무는 돈은 다 물었다는데 참말 팡둥이 왔는지 모르지, 지금이 씨 뿌릴 때니 아마 왔을 게야, 그러면 오늘 봉식이는 팡둥을 보지 못하겠지, 농량*

도 못 가져오겠구먼, 하며 다시금 토담을 바라보
았다. 저 토담은 남편과 기타 농민들이 거의 일 년
이나 두고 쌓은 것이다. 마치 고향서 보던 성같이
보였다. 그는 토담을 볼 때마다 지금으로부터 사
오 년 전 그 어느 날 밤 일이 문득문득 생각키웠다.
그날 밤 한밤중에 총소리와 함께 사면에서 아우성
소리가 요란스러이 났다. 그들은 얼핏 아궁 앞에
비밀히 파놓은 움에 들어가서 며칠 후에야 나와보
니 팡둥은 도망가고 기타 몇몇 식구는 무참히도
죽었다. 그 후로부터 팡둥은 용정에다 집을 사고
다시 장가를 들고 아들딸을 낳아서 지금은 예전과
조금도 차이가 없이 살았던 것이다.

팡둥이 용정으로 쫓기어 들어간 후에 저 집은
자×단들의 소유가 되었다. 그래서 저렇게 기를 꽂
고 문에는 파수병이 서 있었다.

그는 눈을 옮겨 저 앞을 바라보았다. 그 넓은 들
에 햇빛이 가득하다. 그리고 조겨** 같은 새무리
들이 그 푸른 하늘을 건너질러 펄펄 날고 있다. 우

* 농사짓는 동안 먹을 양식.
** 조를 찧어 벗겨낸 껍질.

리도 언제나 저기다 땅을 가져보나 하고 그는 무
의식간에 탄식하였다. 그리고 그나마 간도 온 지
십여 년 만에 내 땅이라고 몫을 짓게 된 붉은 산을
보았다. 저것은 아주 험악한 산이었는데 그들이
짬짬이 화전을 일구어서 이젠 밭이 되었다. 그러
나 아직도 완전한 곡식은 심어보지 못하고 해마다
감자를 심곤 하였다.

올해는 저기다 조를 갈아볼까, 그리고 가녁*으
로는 약간 수수도 갈고…… 그때 그의 머리에는 뜻
하지 않은 고향이 문득 떠오른다. 무릎을 스치는
다방솔밭 옆에 가졌던 그의 밭! 눈에 흙 들기 전에
야 어찌 차마 그 밭을 잊으랴! 아무것을 심어도 잘
되던 그 밭! "죽일 놈!" 장죽을 물고 그 밭머리에
나타나는 참봉 영감을 눈앞에 그리며 그는 이렇
게 중얼거렸다. 그리고 가슴이 울렁거리며 손발이
가늘게 떨리는 것을 깨달으며 그는 고향을 생각
지 않으려고 눈을 썩썩 부비치고 정신을 바짝 차
리었다. 그때 뜰 한구석에 쌓아둔 짚 낟가리에서
조잘대는 참새 소리를 요란스러이 들으며 우두커

* 둘레나 끝에 해당되는 부분.

니 섰는 자신을 얼핏 발견하였다. 그는 곧 돌아섰다. 방 안은 어지러우며 여기 일감이 '나부터 손질하시오' 하는 것 같았다. 그는 분주히 비를 들고 방을 쓸어내었다. 그리고 군데군데 뚫어진 갈자리* 구멍을 손끝으로 어루만지며 잘살아야 할 터인데, 그놈 그 참봉 놈 보란 듯이 우리도 잘살아야 할 터인데…… 하며 그의 눈에는 눈물이 글썽글썽해졌다. 아무리 맘만은 지독히 먹고 애를 써서 땅을 파나 웬일인지 자기들에게는 닥치느니 불행과 궁핍이었던 것이다. 팔자가 무슨 놈의 팔자야. 하느님도 무심하지. 누구는 그런 복을 주고 누구는 이런 고생을 시키고…… 이렇게 생각하며 그는 방 안을 구석구석이 쓸었다. 그리고 비 끝에 채어 데구루루 데구루루 굴러나는 감자를 주워 바가지에 담으며 시렁**을 손질하였다. 이곳 농가는 대개가 부엌과 방 안이 통해 있으며 방 한구석에 솥을 걸었다. 그리고 그 옆에 시렁을 매곤 하였다. 그가 처음 이곳에 와서는 무엇보다도 방 안이 맘에 안 들고

* 삿자리. 갈대를 엮어서 만든 자리.
** 물건을 얹어놓기 위해 나무 두 개를 가로질러 설치한 것.

도야지 굴이나 소 외양간같이 생각되었다. 그리고 어쩌다 손님이 오면 피해 앉을 곳도 없었다. 그러니 멍하니 낯선 손님과도 마주 앉지 않으면 안 되게 되었다. 그러나 시일이 차츰 지나니 낯선 남성 손님이 온다더라도 처음같이 그렇게 어색하지는 않았다. 그저 그렁저렁 지낼 만하였다. 그리고 반드시 부뚜막 앞에는 비밀 토굴을 파두는 것이다. 그랬다가 어디서 총소리가 나든지 개 소리가 요란스레 나면 온 식구가 그 움 속에 들어가서 며칠이든지 있곤 하였다. 그리고 옷이나 곡식도 이 움에다 넣고서 시재* 입는 옷이나 먹을 양식을 조금씩 꺼내놓고 먹곤 하였다. 말할 것도 없이 보위단이며 마적단 등이 무서워서 이렇게 하곤 하였다.

시렁을 손질한 그는 바구니에 담아둔 팥을 고르기 시작하였다. 고요한 방 안에 팥알 소리만 재그럭 자르르 하고 났다. 팥알과 팥알로 시선이 옮아지는 그는 눈이 피곤해지며 참새 소리가 한층 더 뚜렷이 들린다. 동시에 저 참새 소리같이 여러 가지 생각이 순서 없이 생각났다. 내일이라도 파종

* 지금의 시간. 현재.

을 하게 되면 아침 점심 저녁에 몇 말의 쌀을 가져야 할 것, 오늘 봉식이가 팡둥을 만나지 못해서 쌀을 못 가져올 것, 그러나 나무를 팔아서 사라고 한 찬감은 사 오겠지…… 생각이 차츰 희미해지며 졸음이 꼬박꼬박 왔다. 그는 눈을 부비치고 문밖으로 나오다가 무심히 눈에 띈 것은 벽에 매달아둔 메주였다. "참 메주를 내놓아야겠다" 하며 바구니를 밖에 내놓고서 메주를 떼어서 문밖에 가지런히 내놓았다. 그리고 그는 비를 들고 메주의 먼지를 쓸어내었다. 그는 하나하나의 메줏덩이를 들어보며 간장이나 서너 동이 빼고, 고추장이나 한 단지 담그고…… 그러자면 소금이나 두어 말은 가져야지, 소금…… 하며 그는 무의식간 한숨을 푹 쉬었다. 그리고 또다시 고향을 그리며 멍하니 앉아 있었다. 고향서는 소금으로 이를 다 닦았건만…… 다리는* 데도 소금 한 줌이면 후련하게 내려갔는데 하였다. 그가 고향 있을 때는 하도 없는 것이 많으니까 소금 같은 데는 생각이 미치지 못하였는지는 모르나 어쩌면 이곳 온 후로부터는 그는 소금 때

* '체하다'의 방언.

문에 남몰래 운 적이 한두 번이 아니었다. 소금 한 말에 이 원 이십 전! 농가에서는 단번에 한 말을 사 보지 못한다. 그러니 한 근 두 근, 극상 많이 산대야 사오 근에 지나지 못한다. 그러므로 장 같은 것도 단번에 담그지를 못하고 소금 생기는 대로 담그다가도 어떤 때는 메주만 썩혀서 장이라고 먹곤 하였다. 장이 싱거우니 온갖 찬이 싱거웠다.

끼니때가 되면 그는 남편의 얼굴부터 살피게 되고 어쩐지 맘이 송구하였다. 남편은 입 밖에 말은 내지 않으나 번번이 얼굴을 찡그리고 밥술이 차츰 느려지다가 맥없이 술을 놓곤 하는 때가 종종 있었다. 이 모양을 바라보는 그는 입안의 밥알이 갑자기 돌로 변하는 것을 느끼며 슬머시 술을 놓고 돌아앉았다. 그리고 해종일* 들에서 일하다가 들어온 남편에게 등허리에 땀이 훈훈하게 나도록 훌훌 마시게 국물을 만들어놓지 못한 자기! 과연 자기를 아내라고 할 것일까?

어떤 때 남편은 식욕을 충동시키고자 하여 고춧가루를 한 술씩 떠 넣었다. 그러고는 매워서 눈

* 하루 종일.

이 뻘게지고 이맛가에서는 주먹 같은 땀방울이 맺히곤 하였다. "고춧가루는 왜 그리 잡수셔요" 하고 그는 입이 벌려지다가 가슴이 무뚝해지며 그만 입이 다물어지고 말았다. 동시에 음식을 맡아 만드는 자기, 아아 어떻게 해야 좋을까?

이러한 생각을 되풀이하는 그는 한숨을 땅이 꺼지도록 쉬며 오늘 저녁에는 무슨 찬을 만드나, 하고 메주를 다시금 굽어보았다. 그때 신발 소리가 자박자박 나므로 그는 머리를 들었다. 학교에 갔던 봉염이가 책보를 들고 이리로 온다.

"왜 책보 가지고 오니?"

"오늘 반공일이어. 메주 내놨네."

봉염이는 생글생글 웃으며 메주를 들어 맡아보았다.

"아버지 가신 것 보았니?"

"응. 정, 팡둥이 왔더라. 어머이."

"팡둥이? 왔디?"

이때까지 그가 불안에 붙들려 있었다는 것을 느끼며 가볍게 한숨을 몰아쉬었다.

"어서 봤니?"

"팡둥 집에서…… 저 아버지랑 자×단들이랑 함

께 앉아서 뭘 하는지 모르겠더라.”

약간 찌푸리는 봉염의 양미간으로부터 옮아오는 불안!

“팡둥도 같이 앉았디?”

봉염이는 머리를 끄덕이며 무슨 생각을 하고 또다시 생글생글 웃었다. 그리고 책보 속에서 달래를 꺼냈다.

“학교 뒷밭에가 달래가 어찌 많은지.”

“한 끼 넉넉하구나.”

대견한 듯이 그의 어머니는 달래를 만져보다가 그중 큰 놈으로 골라서 뿌리를 자르고 한 꺼풀 벗긴 후에 먹었다. 봉염이도 달래를 먹으며

“어머니, 나두 운동화 신으면……”

무의식간에 봉염이는 이런 말을 하고도 어머니가 나무랄 것을 예상하며 어머니를 바라보던 시선을 달래 뿌리로 옮겼다. 달래 뿌리와 뿌리 사이로 나타나는 운동화, 아까 용애가 운동화를 신고 참새같이 날뛰던 그 모양!

“쟤는 이따금 미친 수작을 잘해!”

그의 어머니는 코끝을 두어 번 부비치며 눈을 흘겼다. 봉염이는 달래가 흡사히 운동화로 변하는

것을 느끼며 어머니 말에 그의 조그만 가슴이 따가워왔다.

"어머니는 밤낮 미친 수작밖에 몰라!"

한참 후에 봉염이는 이렇게 종알거렸다. 그리고 용애의 운동화를 바라보고 또 몰래 만져보던 그 부러움이 어떤 불평으로 변하여지는 것을 그는 느꼈다. 그의 어머니는 봉염이를 똑바로 보았다.

"그래 네 말이 미친 수작이 아니냐. 공부도 겨우 시키는데, 운동화 운동화. 이애 이애, 너도 지금 같은 개화 세상에 났기에 그나마 공부도 하는 줄 알아라. 아, 우리들 전에 자랄 때에야 뭘. 어디가 물 긷고 베 짜고 여름에는 김매구 그래두 짚신이나마 어디 고운 것 신어본다디…… 어미 애비는 풀 속에 머리 들이밀고 애쓰는데 그런 줄을 모르고 운동화? 배나 곯지 않으면 다행으로 알아. 그런 수작 하려거든 학교에 가지 마라!"

"뭐 어머이가 학교에 보내우, 뭐."

봉염이는 가볍게 공포를 느끼면서도 가슴이 오싹하도록 반항하였다. 그리고 얼굴이 갑자기 화끈하므로 눈을 깜빡하였다.

"그래 너의 아버지가 보내면 난 그만두라고 못

할까. 계집애가 왜 저 모양이야, 뭘 좀 안다고 어미 대답만 톡톡 하고, 이애 이놈의 계집애. 어미가 무슨 말을 하면 잠잠하고 있는 게 아니라 톡톡 무슨 아가리질이냐! 그래 네 수작이 옳으냐? 우리는 돈 없다…… 너 운동화 사줄 돈이 있으면 봉식이 공부를 더 시키겠다야.”

봉염이는 분김에 달래만 자꾸 먹고 나니 매워서 못 견딜 지경이다. 그리고 눈에는 약간의 눈물이 비쳤다.

“왜 돈 없어요. 왜 오빠 공부 못 시켜요!”

그 순간 봉염의 머리에는 선생님이 하던 말이 번개같이 떠오른다. 그리고 그의 가슴이 터질 듯이 끓어오르는 불평을 어머니에게 토할 것이 아님을 깨달았다. 그러나 아무것도 모르고 딸만 그르게 생각하고 덤비는 그의 어머니가 너무도 가엾었다. 그의 어머니는 하도 어이가 없어서 멍하니 봉염이를 바라보았다. 동시에 ‘없으면 딴 남은 그만두고라도 제 속으로 낳은 자식들한테까지라도 저런 모욕을 받누나’ 하는 노여운 생각이 들며 이때까지 가난에 들볶이던 불평이 눈등이 뜨겁도록 치밀어 올라온다.

"왜 돈 없는지 내가 아니. 우리 같은 거지들에게
왜 태어났니. 돈 많은 사람들에게 태어나지. 자식!
흥 자식이 다 뭐야!"

어머니의 언짢아하는 모양을 바라보는 봉염이
는 작년 가을에 타작마당이 얼핏 떠오른다. 그때
여름내 농사지은 벼를 팡둥에게 전부 빼앗긴 그때
의 어머니! 아버지! 지금 어머니의 얼굴빛은 그때
와 꼭 같았다. 그리고 아무 반항할 줄 모르는 어머
니와 아버지! 불쌍함이 지나쳐서 비굴하게 보이는
어머니!

"어머니, 왜 돈 없는 것을 알아야 해요. 운동화는
왜 못 사줘요. 오빠는 왜 공부 못 시켜요!"

그는 이렇게 말해가는 사이에 그가 운동화를 신
고 싶어 한 것이 잘못이 아니라는 것을 깨달았다.
그리고 무심하게 들어두었던 선생님의 말이 한 가
지 두 가지 무뚝무뚝 생각났다.

"이애, 이년의 계집애. 왜 돈 없어. 밑천 없어 남
의 땅 부치니 없지. 내 땅만 있으면……"

여기까지 말했을 때 그는 가슴이 뜨끔해지며 말
문이 꾹 막히었다.

그리고 또다시 솔밭 옆에 가졌던 그 밭이 떠오

르며 그는 눈물이 쑥 삐어졌다. 그리고 금방 그 밭을 대하는 듯 눈물 속에 그의 머리가 아롱아롱 보이는 듯, 보이는 듯 하였다.

그때 가볍게 귓가를 스치는 총소리! 그들 모녀는 눈이 둥그레서 일어났다.

짚 낟가리 밑에서 졸던 검둥이가 어느덧 그들 앞에 나타나 컹컹 짖었다.

2. 유랑(流浪)

그들은 마적단과 공산당을 번갈아 머리에 그리며 건넛마을을 바라보았다. 이 마을 저 마을에서 개 짖는 소리가 그들로 하여금 한충 더 불안을 갖게 하였다. 그리고 아까까지도 시원하던 바람이 무서움으로 변하여 그들의 옷가*를 가볍게 스친다.

"이애, 너 아버지나 어서 오셨으면…… 왜 이러고 있누. 무엇이 온 것 같은데 어쩐단 말이냐."

봉염이 어머니는 거의 울상을 하고 가만히 서

* '옷자락'의 방언.

있지를 못하였다. 총소리는 연달아 건너왔다. 그들은 무의식간에 방 안으로 쫓기어 들어왔다. 이제야말로 건넛마을에는 무엇이든지 온 것이 확실하였다. 그리고 몇몇의 사람까지도 총에 맞아 죽었으리라 하였다. 이렇게 생각하고 나니 봉염이 어머니는 속에서 불길이 화끈화끈 올라와서 견딜 수가 없었다. 그러면서도 감히 방문 밖에까지 나오지는 못하였다. 무엇들이 이리로 달려오는 것만 같았던 것이다.

"어쩌누? 어쩌누? 봉식이라도 어서 오지 않구."

그는 벌벌 떨면서 이렇게 중얼거렸다. 암만해도 남편이 무사할 것 같지 않았던 것이다. 더구나 팡둥과 같이 남편이 앉았다가 아까 그 총소리에 무슨 일을 만났을 것만 같았다.

"이애, 너 아버지가 팡둥과 함께, 함께 앉았디? 보았니?"

그는 목에 침기라고는 하나도 없고 가슴이 답답해왔다. 봉염이도 풀풀 떨면서 말은 못 하고 눈으로 어머니의 대답을 하였다. 그때 멀리서 신발 소리 같은 것이 들려오므로 그들은 부엌 구석의 토굴로 뛰어 들어가서 감자 마대 뒤에 꼭 붙어 앉았

다. 무엇들이 자기들을 죽이려고 이리 오는 것만 같았다. 한참 후에

"어머니!"

부르는 봉식의 음성에 그들은 겨우 정신을 차리고 마주 아우성을 치고도 얼른 밖으로 나오지를 못하였다. 그들이 움 밖에까지 나왔을 때 또다시 우뚝 섰다. 그것은 봉식이가 전신에 피투성이를 했으며 그 옆에 금방 내려 누인 듯한 그의 아버지의 목에서는 선혈이 샘처럼 흘렀다. 그의 어머니는

"아!"

소리를 지르고 그 자리에 팔삭 주저앉았다. 그 다음 순가부터 그는 바보가 되어 멍하니 바라만 볼 뿐이었다. 봉식이는 어머니를 보며 안타까운 듯이

"어머니는 왜 그러구만 있어요. 어서 이리 와요."

봉염이가 곧 어머니의 팔을 붙들었으나 그는 일어나다가 도로 주저앉으며

"너 아버지, 너 아버지."

하고 중얼거릴 뿐이었다.

그 밤이 거의 새어올 때에야 봉염이 어머니는 겨우 정신을 차리고 목을 내어 어이어이 하고 울었다.

"넌 어찌 아버지를 만났니. 그때는 살았더냐. 무슨 말을 하시디?"

봉식이는 입이 쓴 듯이 입맛만 쩍쩍 다시다가

"살 게 뭐유!"

대답을 기다리는 어머니의 모양이 난처하여 이렇게 소리치고 나서 한숨을 후 쉬었다. 그리고 항상 아버지가 팡둥과 자×단원들에게 고마이 구는 것이 어쩐지 위태위태한 겁을 먹었더니만 결국은 저렇게 되고야 말았구나 하였다. 아버지 생전에 이 문제를 가지고 부자가 서로 언쟁까지도 한 일이 있었으나 끝끝내 아버지는 자기의 뜻을 세웠다. 보다도 그의 입장이 그로 하여금 그렇게 하지 않고는 견디지 못하게 하였던 것이다.

아버지 생전에는 봉식이도 아버지를 그르다고 백번 생각했지만 막상 아버지가 총에 맞아 넘어진 것을 용애 아버지에게 듣고 현장에 달려가서 보았을 때는 어쩐지 "너무들 한다!" 하는 분노와 함께 누가 그르고 옳은 것을 분간할 수가 없이 머리가 아뜩해지곤 하였다.

이튿날 아버지의 장례를 지낸 봉식이는 바람이나 쏘이고 오겠노라고 어디로인지 가버리고 말았다. 모녀는 봉식이가 오늘이나 내일이나 하고 돌아오기를 손꼽아 기다리나 그 봄이 다 지나도 돌아오기는 고사하고 소식조차 끊어지고 말았다. 그래서 그들은 기다리다 못해서 봉식이를 찾아서 떠났다. 월여를 두고 이리저리 찾아다니나 그들은 봉식이를 만나지 못하였다. 마침내 그들은 용정까지 왔다. 그것은 전에 봉식이가 "고학이라도 해서 나두 공부를 좀 해야지" 하고 용정에 들어왔다 나올 때마다 투덜거리던 생각을 하여 행여나 어느 학교에나 다니지 않는가 하였넌 것이다. 그러나 그들 모녀가 학교란 학교 뜰에는 다 가서 기웃거리나 봉식이 비슷한 학생조차 만나지 못하였다. 그들이 마지막으로 TH 학교까지 가보고 돌아설 때 봉식이가 끝없이 원망스러운 반면에 죽지는 않았는지? 하는 불안에 발길이 보이지를 않았다. 더구나 이젠 어디로 가나? 어디 가서 몸을 담아 있나? 오늘 밤이라도 어디서 자나? 이것이 걱정이요, 근심이 되었다.

해가 거의 져갈 때 그들은 팡둥을 찾아갔다. 그들이 용정에 발길을 돌려놓을 때부터 팡둥을 생각하였다. 만일에 봉식이를 찾지 못하게 되면 팡둥이라도 만나서 사정하여 봉식이를 찾아달라고 하리라 하였던 것이다. 그들이 큰 대문을 둘이나 지나서 들어가니 마침 팡둥이 나왔다.

"왔소, 언제 왔소?"

팡둥은 눈을 크게 뜨고 반가운 뜻을 보이었다. 봉염이 어머니는 그의 반가워하는 눈치를 살피자 찾아온 목적을 절반나마 성공한 듯하여 한숨을 남몰래 몰아쉬었다. 팡둥은 봉염의 머리를 내리쓸었다.

"그새 어데 갔어? 한 번 가서 없어 섭섭했어."

"봉식이를 찾아 떠났어요. 봉식이가 어디 있을까요?"

봉염이 어머니는 가슴을 두근거리며 팡둥을 쳐다보았다.

"봉식이 만나지 못했어. 모르갔소."

팡둥은 알까 하여 맥없이 그의 입술을 쳐다보던 그는 머리를 숙였다. 팡둥은 그들 모녀를 데리고 방으로 들어갔다. 캉*에 앉아 있는 팡둥의 아내인 듯한 나이 젊은 부인은 모녀와 팡둥을 번갈아 쳐다보며 의심스러운 눈치를 보이었다. 팡둥은 한참이나 모녀를 소개하니 그제야 팡둥 부인은

"올라앉아요."

하고 권하였다. 팡둥은 차를 따라 권하였다. 가벼운 차내를 맡으며 모녀는 방 안을 슬금슬금 돌아보았다. 방 안은 시원하게 넓으며 캉이 좌우로 있었다. 캉 아래는 빛나는 돌로 깔리었으며 저편 창 앞에는 대리석으로 만든 테이블이 놓였고 그 위에는 검은 바탕에 오색 빛나는 화병 한 쌍을 중심으로 작고 큰 시계며, 유리 단지에 유유히 뛰노는 금붕어 등, 기타 이름 모를 기구들이 테이블이 무겁도록 실리어 있다. 창 위 벽에는 팡둥의 사진을 비롯하여 가족들의 사진이며 약간 빛을 잃은 가화들이 어지럽게 꽂히었다. 그리고 테이블을 뚝 떨어져 이편 벽에는 선 굵은 불타의 그림이 조는 듯하고 맞은편에는 문짝 같은 체경**이 온 벽을

---

* 중국 북방 지대의 살림집에 놓는 방의 구들.
** 몸 전체를 비추는 거울.

차지했으며 창문 밖 저편으로는 화단이 눈가가 서늘하도록 푸르렀다.

그들은 어떤 별천지에 들어온 듯 정신이 얼얼하였다. 그리고 그들의 초라한 모양에 새삼스럽게 더 부끄러운 생각이 들며 맘 놓고 숨 쉬는 수도 없었다.

팡둥은 의자에 걸터앉으며 궐련을 붙여 물었다.

"여기 친척 있어?"

봉염이 어머니는 머리를 들었다.

"없어요."

이렇게 대답하는 그는 팡둥이 어째서 친척의 유무를 묻는 것임을 생각할 때 전신에 외로움이 흠씬 끼친다. 동시에 팡둥을 의지하려고 찾아온 자신이 얼마나 가엾은 것을 느끼며 팡둥의 어깨 너머로 보이는 화단을 물끄러미 바라보았다. 신록에 무르익은 저 화단! 그는 얼핏 밭에 조 싹도 이젠 퍽이나 자랐겠구나! 김매기 바쁠 테지. 내가 웬일이야, 김도 안 매구 가을에는 뭘 먹구 사나, 하는 격정이 불쑥 일었다. 그리고 시선을 멀리 던졌을 때 티 없이 맑게 갠 하늘이 마치 멀리 논물을 바라보는 듯 문득 그들이 부치던 논이 떠오른다. 논귀까지 가랑가랑하도록 올라온 그 논물! 벼 포기도 퍽이나 자랐을 게다! 하며 다시 하늘을 쳐다보았을 때 그 하늘은 벼 포기 사이를 헤치고 깔렸던 그 하늘이 아니었느냐! 그 사이로 털이 푸르르한 남편의 굵은 다리가 철버덕철버덕 거닐지 않았느냐! 그는 가슴이 뜨끔해지며 다시 팡둥을 보았다. 남편을 오라고 하여 함께 앉았던 저 팡둥은 살아서 저렇게 있는데 그는 어찌하여 죽었는가 하며 이때껏 참았던 설움이 머리가 무겁도록 올라왔다.

"친척 없어, 어디 왔어?"

팡둥은 한참 후에 이렇게 채쳐 물었다. 목구멍까지 빠듯하게 올라온 억울함과 외로움이 팡둥의 말에 눈물로 변하여 술술 떨어진다. 그는 백없이 머리를 떨어뜨리며 치맛귀를 쥐어다 눈물을 씻었다. 곁에 앉은 봉염이도 어머니를 보자 눈물이 글썽글썽해졌다. 모녀를 바라보는 팡둥은 난처하였다. 지금 저들의 눈치를 보니 자기에게 무엇을 얻으러 왔거나 그렇지 않으면 자기 집을 바라고 온 것임을 시간이 지날수록 깨달았다. 그는 불쾌하였다. 저들을 오늘로라도 보내려면 돈이라도 몇 푼 집어줘야 할 것을 느끼며 당분간 집에서 일이나 시키며 두어둬볼까? 하는 생각이 어렴풋이 들었다. 팡둥은 약간 웃음을 띠었다.

"친척 없어? 우리 집 있어. 봉식이가 찾아왔다 갔어, 응."

팡둥의 입에서 떨어지는 아들의 이름을 들으니 그는 원망스러움과 그리움, 외로움이 한데 뭉치어 견딜 수가 없었다. 그리고 팡둥의 말과 같이 봉식이가 언제든지 나를 찾아오려나, 그렇지 않으면 제 아버지와 같이 어디서 어떤 놈에게 죽임을 당해서 다시는 찾지 않으려나? 하는 의문이 들며 흑흑 느껴 울었다.

그 후부터 모녀는 팡둥 집에서 일이나 해주고 그날그날을 살아갔다. 팡둥은 날이 갈수록 그들에게 친절하게 굴었다. 그리고 어떤 때는 밤이 오래도록 그들이 있는 방에 나와서 이런 이야기 저런 이야기를 하여주며 때로는 옷감이나 먹을 것 같은 것도 사다 주었다. 그때마다 봉염이 어머니는 감격하여 밤 오래도록 잠들지 못하곤 하였다.

팡둥의 아내가 친정집에 다니러 간 그 이튿날 밤이다. 그는 팡둥의 아내가 말라놓고 간 팡둥의 속옷을 재봉침*에 하였다. 팡둥의 아내가 언제 올는지는 모르나 어쨌든 그가 오기 전에 말라놓은 일을 다 해야 그가 돌아와서 만족해할 것이다. 그러므로 그는 밤잠을 못 자고 미싱을 돌렸다. 그는 이 집에 와서야 미싱을 배웠기 때문에 아직도 서툴렀다. 그래서 그는 바늘이 부러질세라, 기계에 고장이 생길세라 여간 조심이 되지를 않았다.

저편 팡둥 방에서 피리 소리가 처량하게 들려왔다. 팡둥은 밤만 되면 저렇게 피리를 불거나 그렇지 않으면 깡깡이를 뜯었다. 깡깡이 소리는 시끄럽고 때로는 강아지가 문짝을 할퀴며 어미를 부르는 듯하게 차마 듣지 못할 만큼 귓가에 간지러웠다. 그러나 저 피리 소리만은 그럴듯하게 들리었다.

일감을 밟고 씩씩하게 달려오는 비늘 끝을 바라보는 그는 한숨을 후 쉬며 "봉식아, 너는 어째서 어미를 찾지 않느냐" 하고 중얼거렸다. 그는 언제나 봉식이를 생각하였다. 낯선 사람이 이 집에 오는 것을 보면 행여 봉식의 소식을 전하려나 하여 그 사람이 돌아갈 때까지 주의를 게으르지 아니했다. 그러나 이렇게 기다리는 보람도 없이 그날도 그날

* '재봉틀'의 방언

같이 봉식의 소식은 막막하였다. 팡둥은 그들에게 고마이 구나 팡둥의 아내는 종종 싫은 기색을 완연히 드러내었다. 그때마다 그는 봉식을 원망하고 그리워하며 운 적이 한두 번이 아니었다. 아무래도 장래까지는 이 집을 바라지 못할 일이요, 어디로든지 가야 할 것을 그는 날이 갈수록 느꼈다. 그러나 맘만 초조할 뿐이요, 어떻게 하는 수는 없었다. 그는 이러한 생각을 되풀이하며 팡둥의 아내가 없는 사이 팡둥 보고 집세나 하나 얻어달라고 해볼까? 하며 피리를 불고 앉았을 팡둥의 뚱뚱한 얼굴을 그려보았다. 그러나 어찌 그런 말을 해, 집세를 얻는다더라도 무슨 그릇들이 있어야지. 아무것도 없이 살림을 어떻게 하누, 하며 등불을 물끄러미 바라보았다.

어느덧 피리 소리도 그치고 사방은 고요하였다. 오직 들리느니 잠든 봉염의 그윽한 숨소리뿐이다. 그는 등불을 휩싸고 악을 쓰고 날아드는 하루살이 떼를 보며 문득 남편의 짧았던 일생을 회상하였다. 그렇게 살고 말 것을 반찬 한번 맛있게 못 해주었지. 고춧가루만 땀이 나도록 먹구, 참…… 여기는 왜 소금값이 그리 비쌀까? 그래도 이 집은 소금을 흔하게 쓰두먼. 그게야 돈 많으니 자꾸 사 오니까 그렇겠지. 돈? 돈만 있으면 뭐든지 다 할 수가 있구나. 그 비싼 소금도 맘대로 살 수가 있는 돈. 그 돈을 어째서 우리는 모으지 못했는가 하였다.

그때 신발 소리가 자박자박 나더니 문이 덜그럭 열린다. 그는 놀라 휘끈 돌아보았다. 검은 바지에 흰 적삼을 입은 팡둥이 빙그레 웃으며 들어온다. 그는 얼른 일어나며 일감을 한 손에 들었다.

"앉았어! 일만 했어?"

팡둥의 시선은 그의 얼굴로부터 일감으로 옮긴다. 그는 등불 곁으로 다가앉으며 팡둥 보고 이 말을 할까 말까? 집세 하나 얻어주시오, 하고 금방 입술 사이로 흘러나오려는 것을 참으며 팡둥의 기색을 흘금 살피었다.

"누구 옷이야? 내 해*야?"

팡둥은 일감 한끝을 쥐어보다가

"내 해야…… 배고프지 않아? 우리 방에 나가 찻물도 먹고 과자도 먹구, 응. 나갔어."

일감을 잡아당긴다. 그는 전 같으면 얼른 팡둥

---

* '것'과 동의어로 소유물을 가리킴.

의 뒤를 따라 나갈 터이나 팡둥의 아내가 없는 것
만큼 주저가 되었다.

"배고프지 않아요." 이렇게 말하는 그는 웬일인
지 눈썹 끝에 부끄럼이 사르르 지나친다. 팡둥은
일감을 휙 빼앗았다.

"가, 응. 자, 어서어서."

그는 일감을 바라보며 어째야 좋을지 몰랐다.
그리고 이 기회를 타서 집세를 얻어달라고 할까
말까, 할까……

"안 가?"

팡둥은 일어서며 아까와는 달리 언성을 높인다.
그는 가슴이 선뜻해서 얼른 일어났다. 그러나 비
쭉비쭉 나가는 팡둥의 살찐 뒷덜미를 보았을 때
싫은 생각이 부쩍 들었다. 그리고 발길이 떨어지
지를 않았다. 문밖을 나가던 팡둥은 휘끈 돌아보
았다. 그 얼굴은 무어라고 형용할 수 없는 무서움
을 띠었다. 그는 맥없이 캉을 내려섰다. 그리고 잠
든 봉염이를 바라보았을 때 소리쳐 울고 싶도록
가슴이 답답하였다.

3. 해산

이듬해 늦은 봄 어느 날 석양이다. 봉염이 어머니는 바느질을 하다가 두 눈을 부비치며 방문을 바라보았다. 빨간 문 위에 처마 끝 그림자가 뚜렷하다. 오늘은 팡둥이 오려나, 대체 어딜 가서 그리 오래 있을까? 그는 또다시 생각하였다. 팡둥의 아내만 대하면 그는 묻고 싶은 것이 이 말이었다. 그러나 언제든지 새초롬해서 있는 그의 기색을 살피다가는 그만 하려던 말을 줄이치고 말았다. 그리고 이렇게 석양이 되면 오늘이나 오려나? 하고 가슴을 졸였다. 팡둥이 온대야 그에게 그리 기쁠 것도 없건만 어쩐지 그는 팡둥이 기다려지고 그리웠다. 오면 좋으련만…… 이번에는 꼭 말을 해야지. 무어라구? 그다음 말은 생각나지 않고 두 귀가 화끈 단다. 어떡하나, 그도 짐작이나 할까? 하기는 뭘 해. 남정들이 그러니 고렇게 내게 하리…… 그는 팡둥의 얼굴을 머리에 그리며 원망스러운 듯이 바라보았다.

그날 밤 후로는 팡둥의 태도가 아무리 좋게 해석해도 냉랭해진 것만 같았다. 처음에는 점잖으신

어른이고 더구나 성미 까다로운 아내가 곁에 있으니 저러나 보다 하였으나 시일이 지날수록 원망스러움이 약간 머리를 들었다. 반면에 끝없는 정이 보이지 않는 줄을 타고 팡둥에게로 자꾸 쏠리는 것을 그는 느꼈다. 그는 한숨을 후 쉬며 이맛가에 흐르는 땀을 씻었다. 언제나 자기도 팡둥을 대하여 주저 없이 말도 건네고 사랑을 받아볼까? 생각만이라도 그는 진저리가 나도록 좋았다. 그러나 자기 주위를 둘러싸고 있는 모든 환경을 깨닫자 그는 울고 싶었다. 그리고 팡둥의 아내가 끝없이 부러웠다. 그는 시름없이 머리를 숙이며 원수로 애는 왜 배었는지 하며 일감을 들었다. 바늘 끝에서 떠오르는 그날 밤. 그날 밤의 팡둥은 성난 호랑이같이도 자기에게 덤벼들지 않았던가. 자기는 너무 무섭고도 두려워서 방 안이 캄캄하도록 늘인 비단 포장을 붙들고 죽기로써 반항하다가도 못 이겨서 애를 배게 되지 않았던가. 생각하면 자기의 죄 같지는 않았다. 그런데 왜 자기는 선뜻 팡둥에게 이 말을 하지 못하는가. 그리고 그렇게 먹고 싶은 냉면도 못 먹고 이때까지 참아왔던가. 모두가 자기의 못난 탓인 것 같다. 왜 말을 못 해. 왜 주저

해. 이번에는 말할 테야. 꼭 할 테야. 그리고 냉면도 한 그릇 사다 달라지, 하며 그의 눈앞에 냉면을 그리며 침을 꿀꺽 삼켰다. 그러나 이 생각은 헛된 공상임을 깨달으며 한숨을 푸 쉬면서도 픽 하고 웃음이 나왔다. 모든 난문제가 산과 같이 자기를 둘러싸고 있거늘 어린애같이 먹고 싶은 생각부터 하는 자신이 우습고도 가련해 보이었던 것이다. 그러나 먹고 싶은 것은 어쩔 수 없다. 목이 가렵도록 먹고 싶다. 냉면만 생각하면 한참씩은 안절부절할 노릇이다.

그가 배 속에 애 든 것을 알게 되었을 때 유산시키려고 별짓을 다 하여보았다. 배를 쥐어박아도 보고 일부러 칵 넘어지기도 하며 벽에다 배를 대고 탕탕 부딪쳐도 보았다. 그러고도 유산이 되지를 않아서 나중에는 양잿물을 마시려고 캄캄한 밤중에 그 몇 번이나 일어앉았던가. 그러면서도 그 순간까지도 냉면은 먹고 싶었다. 누가 곁에다 감추고서 주지 않는 것만 같았다. 그렇게 먹고 싶은 냉면을 못 먹어보고 죽는다는 것은 너무나 애달픈 일이다. 더구나 봉염이를 생각하고는 그만 양잿물 그릇을 쏟뜨리고 말았던 것이다.

삭수가 차올수록 그는 어쩔 줄을 몰랐다. 우선 남의 눈에 들키지나 않으려고 끈으로 배를 꽁꽁 동이고 밥도 한두 끼니는 예사로 굶었다. 그리고 될 수 있는 대로 사람을 피하여 이렇게 혼자 일을 하곤 하였다.

그때 지르릉하는 이십오세[馬車] 소리에 그는 머리를 번쩍 들었다. 팡둥 방에서 뛰어나가는 신발 소리가 나더니 바바! 바바! 하고 팡둥의 어린애들이 떠드는 소리가 들린다. 그는 왔구나! 하였다. 따라서 가슴이 후닥닥 뛰며 배 속의 애까지 빙빙 돌아간다. 그는 치맛주름이 들썩들썩하는 것을 보자 배를 꾹 눌렀다. 신발 소리가 이리로 오므로 그는 얼른 일어났다. 그리고 팡둥이 혹시 나를 보러 오는가 하였다.

"어머이, 팡둥 왔어. 그런데 팡둥이 어머이를 오래."

봉염이는 문을 열고 들여다본다. 그는 팡둥이 아님에 다소 실망은 하면서도 안심되었다. 그러나 팡둥이 자기를 보겠다고 오라는 말을 들으니 부끄럼이 확 끼치며 알 수 없는 겁이 더럭 났다. 그리고 말을 할 수 없이 입이 다물어지며 손발이 후들후들 떨린다.

"어머이, 어디 아파?"

봉염이는 중국 계집애같이 앞 머리카락을 보기 좋게 잘랐다. 그는 머리카락 새로 눈을 동그랗게 뜨고 어머니를 말뚱히 쳐다본다. 그는 딸에게 눈치를 보이지 않으려고 머리를 돌리며

"아니."

봉염이는 한참이나 무슨 생각을 하더니

"어머이, 팡둥이 성난 것 같아 왜."

"왜, 어쩌더냐?"

"아니, 글쎄 말야."

봉염이는 솥가에서 닳아져서 보기 싫게 된 그의 손톱을 늘여다보면서 아까 팡둥의 얼굴을 생각하였다. 그때 팡둥의 아내 소리가 빽 하고 났다.

"뭣들 하고 그러고 있어. 어서 오라는데."

심상치 않은 그의 어성에 그들은 일시에 불길한 예감을 품으면서 팡둥 방으로 왔다. 팡둥은 어린애를 좌우로 안고서 모녀를 바라보았다. 그리고 잠깐 눈살을 찌푸리며 눈을 거칠게 뜬다. 팡둥의 아내는 입을 비쭉하였다.

"흥, 자식을 얼마나 잘 두었기에 애비 원수인 공

산당에 들었을까. 그런 것들은 열 번 죽여도 좋
아…… 우리는 공산당 친척은 안 돼. 공산당과는
우리는 원수야. 오늘부터는 우리 집에 못 있어. 나
가야지.”

모녀를 딱 쏘아본다. 모녀는 갑자기 무슨 말인
지를 알아들을 수가 없었다. 그리고 머리가 어쩔
쩔해 왔다.

“이번 쟝궤듸가 국자가局子街* 가서 네 오빠 죽
이는 것을 보았단다.”

모녀는 어떤 쇠방망이로 머리를 사정없이 후
려치는 듯 아뜩하였다. 한참 후에 봉염이 어머니
는 쟝둥을 바라보았다. 쟝둥은 그의 시선을 피하
여 어린애를 보면서도 그 말이 옳다는 뜻을 보이
었다. 그는 한층 더 아찔하였다. 그 애가 참말인가,
하고 그는 속으로 부르짖었다.

“어서 나가! 만주국에서는 공산당을 죽이니깐.”

쟝둥의 아내는 귀고리를 흔들면서 모녀를 밀어
내었다. 모녀는 암만 그들이 그래도 그 말이 참말
같지 않았다. 그리고 속 시원히 쟝둥이가 말을 해

* 연길의 옛 이름.

주었으면 하였다. 팡둥은 그들을 바라보자 곧 불쾌하였다. 그날 밤 그의 만족을 채운 그 순간부터 어쩐지 발길로 그의 엉덩이를 냅다 차고 싶게 미운 것을 느꼈다. 그다음부터 그는 봉염이 어머니와 마주 서기를 싫어하였다. 그러나 살림에 서투른 젊은 아내를 둔 그는 그들을 내보내면 아무래도 식모든지 착실한 일꾼이든지를 두어야겠으니 그러자면 먹여주고도 돈을 주어야 할 터이므로 오늘내일 하고 이때까지 참아왔던 것이다. 보다도 내보낼 구실 얻기가 거북하였던 것이다.

그러던 차에 이번 국자가에서 봉식이 죽는 것을 보고서는 곧 결정하였다. 무엇보다도 공산당의 가족이니만큼 경비대원들이 나중에라도 일면 자신에게 후환이 미칠까 하는 생각이었고 또 하나는 자기가 극도로 공산당을 미워하느니만큼 공산당이라는 말만 들어도 소름이 끼쳐서 못 견디었던 것이다.

아내에게 밀리어 문밖으로 나가는 모녀를 바라보는 팡둥은 봉식의 죽던 광경이 다시 떠오른다.

친구와 교외에 나갔다가 공산당을 죽인다는 바람에 여러 사람의 뒤를 따라가서 들여다보니 벌써 십여 명의 공산당을 죽이고 꼭 하나가 남아 있었다. 그는 좀 더 빨리 왔더라면 하고 후회하면서 사람들의 틈을 뻐개고 들어갔다. 마침 경비대에게 끌리어 한가운데로 나앉은 공산당은 봉식이가 아니었느냐! 그는 자기 눈을 의심하고 몇 번이나 눈을 부비친 후에 보았으나 똑똑한 봉식이었다. 전보다 얼굴이 검어지고 거칠게 보이나마 봉식이었다. 그는 기침을 칵 하며 봉식이가 들으리만큼 욕을 하였다. 그리고 행여 봉식이가 돈을 벌어가지고 어미를 찾아오면 자기의 생색도 나고 다소 생각함이 있으리라고 하였던 것이 절망이 되었다.

누런 군복을 입은 경비대원 한 사람은 시퍼런 칼날에 물을 드르르 부었다. 그러니 물방울이 진주같이 흐른 후에 칼날은 무서우리만큼 빛났다. 경비대원은 칼날을 들여다보며 심뻑 웃는다. 그리고 봉식이를 바라보았다. 봉식이는 얼굴이 새하얗게 질리고도 기운 있게 버티고 있었다. 그리고 입모습에는 비웃음을 가득히 띠고 있다. 팡둥은 그 웃음이 여간 불쾌하지 않았다. 그리고 어느 때인가 공산당에게 위협을 당하던 그 순간을 얼핏 연상하며 봉식이가 확실히 공산당이라는 것을 의심하지 않았다. 그러자 칼날이 번쩍할 때 봉식이는 소리를 버럭 지른다. 어느새 머리는 땅에 떨어지고 선혈이 쏙 하고 공중으로 뻗칠 때 사람들은 냉수를 잔등에 느끼고 흠칫 물러섰다.

생각만이라도 팡둥은 소름이 끼치어서 어린애를 꼭 껴안으며 어서 모녀가 눈에 보이지 않기를 바랐다. 모녀는 문밖에까지 밀리어 나오고도 팡둥이가 따라 나오며 말리려니 하였다. 그러나 그들이 보따리를 가지고 대문을 향할 때까지 팡둥은 가만히 있었다. 봉염이 어머니는 노염이 치받치어 휙 돌아서서 유리창을 통하여 바라보이는 팡둥의 뒷덜미를 노려보았다. 미친 듯이 자기를 향하여 덤벼들던 저 팡둥이 그가 무어라고 소리를 시르려고 할 때 팡둥의 아내와 웬 알지 못할 사나이가 그를 돌려세우며 그들을 밖으로 내몰았다.

그들은 정신없이 시가를 벗어나 해란강변으로 나왔다. 강물이 앞을 막으니 그들은 우뚝 섰다. 어디로 가나? 하는 생각이 분에 흩어졌던 그들의 생각을 집중시켰다. 그들은 눈을 들었다. 해는 뉘엿뉘엿 서산에 걸렸는데 저 멀리 보이는 마을 앞에 둘러선 버들 숲은 흡사히도 그들이 살던 싼더거우三頭溝

앞에 가로놓였던 그 숲과도 같았다. 그곳에는 아직도 남편과 봉식이가 있을 것만 같았다. 그러나 다시 한번 눈을 부비치고 보았을 때 봉염이 어머니는 털썩 주저앉았다. 그리고 소리 높이 흐르는 강물을 들여다보며 그만 죽고 말까 하였다. 동시에 이때까지 거짓으로만 들리던 봉식의 죽음이 새삼스럽게 더 걱정이 되며 가슴이 쪼개지는 듯하였다. 그러나 그 말은 믿고 싶지 않았다. 봉식이는 똑똑한 아이다. 그러한 아이가 애비 원수인 공산당에 들었을 리가 없을 듯하였다.

그것은 자기 모녀를 내보내려는 거짓말이다.

"죽일 년, 그년이 내 아들을 공산당이라구. 에이 이 연놈들, 벼락 맞을라, 누구를 공산당이래⋯⋯ 너희 놈들이 그러고 뒈질 때가 있을라. 누구를 공산당이래."

봉염이 어머니는 시가를 돌아보며 이를 북북 갈았다. 시가에는 수없는 벽돌집이 다닥다닥 붙어 앉았다.

저렇게 많은 집이 있건만 지금 그들은 몸담아 있을 곳도 없어 이리 쫓기어 나오는 생각을 하니 기가 꽉 찼다. 그리고 저자들은 모두가 팡둥 같은 그런 무서운 인간들이 사는 것 같아 보였다. 이렇게 원망스러우면서도 이리로 나오는 사람만 보이면 행여 팡둥이가 나를 찾아 나오는가 하여 가슴이 뜨끔해지곤 하였다.

어스름 황혼이 그들을 둘러쌀 때에 그들은 더욱 난처하였다. 봉염이는 훌쩍훌쩍 울면서

"오늘 밤은 어데서 자누? 어머이."

하였다. 그는 순간에 팡둥 집으로 달려 들어가서 모조리 칼로 찔러 죽이고 자기들도 죽고 싶은 충동이 강하게 일어났다. 그래서 그는 벌떡 일어났다. 그러나 그의 앞으로 끝없이 길어나간 대철로를 바라보았을 때 소식 모르는 봉식이가 어미를 찾아 이 길로 터벅터버 걸이올 때가 있지 않으려나…… 그리고 또다시 팡둥의 말과 같이 아주 죽어서 다시는 만나지 못하려나 하는 의문에 그는 소리쳐 울고 싶었다. 속 시원히 국자가를 가서 봉식이 소식을 알아볼까. 그러자. 그 후에 참말이라면 모조리 죽이고 나도 죽자! 이렇게 결심하고 어정어정 걸었다.

그날 밤 그들은 해란강변에 있는 중국인 집 헛간에서 자게 되었다. 그것도 모녀가 사정을 하고

내일 시장에 내다 팔 시금치나물과 파 등을 다듬어주고서 승낙을 받았다. 봉염이 어머니는 밤이 깊어갈수록 배가 자꾸 아팠다. 그는 애가 나오려나 하고 직각하면서 봉염이가 잠들기를 고대하였다. 그러나 잠이 많던 봉염이도 오늘은 잠들지 않고 팡둥 부처를 원망하였다. 그리고 이때까지 몸 아끼지 않고 일해준 것이 분하다고 종알종알하였다.

"용애는 잘 있는지. 우리 학교는 학생이 많은지."

잠꼬대 비슷이 봉염이는 지껄이다가 그만 잠이 들고 만다.

그의 어머니는 한숨을 후 쉬며 어서 봉염이가 잠든 틈을 타서 나오면 얼른 죽여서 해란강에 띄우리라 결심하였다.

그리고 배를 꾹꾹 눌렀다.

바람 소리가 후루루 나더니 빗방울이 후두두 떨어진다.

그는 되기 딴은 잘되었다 하였다. 이런 비 오는 밤에 아무도 몰래 애를 낳아서 죽이면 누가 알랴 싶었던 것이다.

그리고 그는 봉염의 몸을 어루만지며 낡은 옷으

로 그의 머리까지 푹 씌워놨다. 비는 줄줄 새기 시작하였다.

그는 봉염이가 비에 젖었을까 하여 가만히 그를 옮겨 누이고 자기가 비 새는 곳으로 누웠다. 비는 차츰 기세를 더하여 좍좍 퍼부었다. 그리고 그의 몸도 점점 더 아팠다.

그는 봉염이가 깰세라 하여 입술을 깨물고 신음 소리를 밖에 내지 않으려고 애썼다. 그러나 신음 소리가 콧구멍을 뚫고 불길같이 확확 내달았다. 그리고 빗방울은 그의 머리카락을 타고 목덜미로 입술로 새어 흐른다.

"어머이!"

봉염이는 벌떡 일어나서 어머니를 더듬었다.

"에그 척척해."

어머니의 몸을 만지는 그는 정신이 펄쩍 들었다. 그리고 비가 오는 것을 알았다.

"비가 새네, 아이그 어떡허나."

딸의 말소리도 이젠 들리지 않고 딸이 들을세라 조심하던 신음 소리도 더 참을 수가 없었다. 그는 "으흥으흥" 하면서 몸부림쳤다. 머리로 벽을 쾅쾅 받다가도 시원하지 않아서 손으로 머리를 감아쥐고 오짝오짝 뜯었다.

봉염이는 어머니를 흔들다가 흔들다가 그만 "흑흑" 하고 울었다.

어머니는 봉염이를 밀치며 "응응" 하고 힘을 썼다. 한참 후에 "으악!" 하는 아기 울음소리가 들렸다. 봉염이는 어머니 곁으로 다가붙으며

"애기?"

하고 부르짖었다.

어머니는 얼른 아기를 더듬어 그의 목을 꼭 쥐려 하였다.

그 순간 두 눈이 화끈 달며 파란 불꽃이 쌍으로 내달았다.

그리고 전신을 통하여 짜르르 흐르는 모성애! 그는 자기의 숨이 턱 막히며 쥐려는 손끝에 맥이 탁 풀리는 것을 느꼈다.

그는 땀을 낙수처럼 흘리며 비켜 누워버렸다. 그리고

"아이구!"

하고 소리쳐 울었다.

4. 유모

아기를 죽이려다 죽이지 못하고 또 무서운 진통기를 벗어난 봉염이 어머니는 이제는 극도로 배고픔을 느꼈다. 지금 따끈한 미역국 한 사발이면 그의 몸은 가뿐해질 것 같다. 미역국! 지난날에는 남편이 미역국과 흰 이밥을 해 가지고 들어와서 손수 떠 넣어주던 것을…… 하며 눈을 꾹 감았다. 비에 젖고 또 비에 젖은 헛간 바닥에서는 흙내에 피비린내를 품은 역한 냄새가 물큰물큰 올라왔다. 어떡하나? 내가 무엇이든지 먹구 살아야 저것들을 키울 터인데 무엇을 먹나, 누가 지금 냉수라도 짤짤 끓여다가만 주어도 그 물을 마시고 정신을 차릴 것 같다. 그러나 그는 흙을 주워 먹기 전에는 아무것도 먹을 것이 없지 않은가, 봉염이를 깨울까, 그래서 이 집 주인에게 밥이나 좀 해달랄까, 아니 아니, 못 할 일이야, 무슨 장한 애를 낳았다고 그러랴. 그러면 어떻게? 오래지 않아 날이 밝을 터이니 아침에나 주인집에서 무엇이든지 얻어먹지…… 하였다. 그리고 눈을 번쩍 떠서 뚫어진 헛간 문을 바라보았다. 아직도 캄캄하였다. 날이 언제나 새려나, 이 집에는 닭이 없는가 있는가 하며 귀를 기울였다. 사방은 죽은 듯이 고요하다. 간혹 채마밭에서 나는 듯한 벌레 소리가 어두운 밤에 별빛 같은 그러한 느낌을 던져주었다. 그는 아기를 그의 뛰는 가슴속에 꼭 대며 자기가 아무렇게서라도 살아야 할 것 같았다. 내가 왜 죽어, 꼭 산다, 너희들을 위하여 꼭 산다, 하고 중얼거렸다. 애를 낳기 전에는, 아니 보다도 이 아픔을 겪기 전에는 죽는다는 말이 그의 입에서 떠나지 않았고 또 진심으로 죽었으면 하고 생각도 많이 하였다. 그러나 마침 죽음과 삶의 경계선에서 아차아차한 고비를 넘기고 겨우 소생한 그는 어쩐지 죽고 싶지는 않았다. 오히려 삶의 환희를 느꼈다. 그가 하필 이번뿐만이 아니라 이러한 경우를 여러 번 당하였으나, 그러나 남편의 생전에는 죽음에 대하여 한 번도 생각해보지도 않았으며 역시 죽고 싶지도 않았다. 그래서 죽음이란 아무 생각 없이 대하였을 뿐이었다.

이튿날 봉염이 어머니는 곤히 자는 봉염이를 흔들어 깨웠다. 봉염이는 벌떡 일어났다.

"너 이거 내다가 빨아 오너라. 그저 물에 헹구면

된다."

피에 젖은 속옷이며 걸레 뭉치를 뭉쳐서 그의 손에 들려주었다. 그때 봉염이 어머니는 어쩐지 딸이 어려웠다. 그리고 딸의 시선이 거북스러움을 느꼈다. 봉염이는 아직도 가슴이 울렁거리며 모두가 꿈속에 보는 듯 분명하지를 않고 수없는 거미줄 같은 의문과 공포가 그의 조그만 가슴을 꼭 채웠다. 그는 얼른 일어나 밖으로 나왔다. 그의 어머니는 딸이 나가는 것을 보고 저것이 추울 터인데, 하며 자신이 끝없이 더러워 보이었다.

봉염의 신발 소리가 아직도 사라지기 전에 그는 아기의 얼굴을 자세히 들여다보았다. 볼수록 뭉칫정이 푹푹 든다. 그리고 아기의 얼굴에 얼굴을 맞대지 않고는 견디지 못하였다. 주인집에서 깨어 부산하게 구는 소리를 그는 들으며 밥을 하는가, 밥을 좀 주려나, 좀 주겠지 하였다. 그리고 미역국 생각이 또 일어나며 김이 어린 미역국이 눈앞에 자꾸 어른거려 보인다. 따라서 배는 점점 더 고파왔다. 이제 몇 시간만 더 이 모양으로 굶었다가는 그가 아무리 살고 싶어도 살 수가 없을 것 같았다. 그는 이러한 생각에 겁이 펄쩍 났다. 무엇을 좀 먹어야 할 터인데. 그는 눈을 뜨고 사면을 휘돌아보았다. 아직도 헛간은 컴컴하다. 컴컴한 저편 구석으로 약간씩 보이는 파뿌리! 그는 어제저녁에 주인 여편네가 오늘 장에 내다 팔 파를 헛간으로 옮겨 쌓던 생각을 하며, 옳다! 아무거라도 좀 먹으면 정신이 들겠지 하고 얼른 몸을 솟구어 파뿌리를 뽑았다. 그러나 주인이 나오는 듯하여 그는 몇 번이나 뽑은 파를 입에 대다가도 감추곤 하였다. 마침내 그는 파를 입속에 넣었다. 그리고 우쩍 씹었다. 그때 이가 시끔하며 딱 맞찔린다. 그래서 그는 얼굴을 찡그리며 입을 쩍 벌린 채 한참이나 벌리고 있었다.

침이 턱 밑으로 흘러내릴 때에야 그는 얼른 손으로 침을 몰아넣으며 이 침이라도 목구멍으로 삼켜야 그가 살 것 같았다. 그는 다시 파를 입에 넣고 이번에는 씹지는 않고 혀끝으로 우물우물하여 목으로 넘겼다. 넘어가는 파는 왜 그리도 차며 뻣뻣한지, 그의 목구멍은 찢어지는 듯 눈물이 쑥 삐어졌다. '파를 먹구도 사는가', 그는 이렇게 생각하며 헛간 문 사이로 보이는 하늘을 멍하니 쳐다보았다.

그때 신발 소리가 나며 헛간 문이 홱 열린다.

"어머이, 용애 어머이를 빨래터에서 만났어. 그래서 지금 와!"

말이 채 마치기 전에 용애 어머니가 들어온다. 봉염이 어머니는 얼결에 일어나 그의 손을 붙들고 소리를 내어 울었다. 용애 어머니는 싼더거우서 한집안같이 가까이 지내었던 것이다. 그래서 봉염이를 따라 이렇게 왔으나 그들의 참담한 모양에 반가움이란 다 달아나고 내가 어째서 여기를 왔던가 하는 후회가 일었다. 그리고 뭐라고 위로할 말조차 생각나지 않았다.

"아니 봉염이 어머이, 이게 어찌 된 일이오."

한참 후에 용애 어머니는 입을 열었다. 봉염이 어머니는 울음을 그치고

"다 팔자 사나워 그렇지요. 왜 죽지 않고 살았겠수…… 그런데 언제 내려왔수, 여기를?"

"우리? 작년에 모두 왔지. 우리 동네서는 모두 떠났다오. 토벌 난 통에 모두 밤도망들을 했지. 어디 농사할 수가 있어야지. 그래 여기 내려오니 이리 어렵구려."

봉염이 어머니는 퍽이나 반가웠다. 그리고 용애 어머니를 놓쳐서는 안 될 것을 번개같이 깨달으며

모든 것을 숨김없이 말하고 사정하리라 하고 결심하였다.

"용애 어머이, 난 아이를 낳았다우. 어젯밤에 이걸…… 어떡허우. 사람 하나 살리는 셈 치고 날 며칠 동안만 집에 있게 해주. 어떡허겠수. 나 같은 년 만나기가 불찰이지……"

그는 말끝에 또다시 울었다. 용애 어머니를 만나니 남편이며 봉식의 생각까지 겹쳐 일어나는 동시에 어째서 남은 다 저렇게 영감이며 아들딸을 데리고 다니며 잘사는데 나만이 이런 비운에 빠졌는가 하는 생각이 들었던 것이다.

용애 어머니는 한참이나 난처한 기색을 띠우다가 한숨을 푹 쉬었다.

"그러시유. 할 수 있소."

용애 어머니는 더 물으려고도 안 하고 안 나오는 대답을 이렇게 겨우 하였다. 뒤에서 가슴을 졸이고 있던 봉염이까지 구원받은 듯하여 한숨을 호내쉬었다.

"고맙수. 그 은혜를 어찌 갚겠수."

봉염이 어머니는 떨리는 음성으로 이렇게 말하고 봉염에게 아기를 업혀주었다. 용애 어머니는 이렇게 모녀를 데리고 가나? 남편이 뭐라고 나무라지나 않으려나? 하는 불안에 발길이 무거워졌다.

용애네 집으로 온 그들은 사흘을 무사히 지났다. 용애 어머니는 남의 빨랫샀을 맡아 날이 채 밝지도 않아서 빨랫가로 달아나고 용애 아버지는 철도 공사 인부로 역시 그랬다. 그래서 근근이 살아가는 것을 보는 봉염이 어머니는 그들을 마주 바라볼 수 없이 어려웠다. 그래서 얼른 일어나고 말았다. 그날 저녁 봉염이 어머니는 빨래터에서 돌아오는 용애 어머니를 보고

"나두 남의 빨래를 하겠으니 좀 맡아다 주."

용애 어머니는 눈을 크게 떴다.

"어서 더 눕고 있지 웬일이요…… 어려워 말우."

용애 어머니는 갑자기 무슨 생각이 난 듯이 눈을 껌뻑이더니 다가앉았다. 부엌에서는 용애와 봉염의 종알거리는 소리가 들렸다.

"아니, 저 나 빨래 맡아다 하는 집엔 젖유모를 구하는데…… 애가 딸렸다더라도 젖만 많으면 두겠다구 해. 그 대신 돈이 좀 적겠지만…… 어떠우?"

봉염이 어머니는 귀가 번쩍 뜨였다.

"참말이요? 애가 있어도 된대요?"

용애 어머니는 이 말에는 우물쭈물하고

"하여간 말이야, 한 달에 십이삼 원을 받으면 집 세 얻어서 봉염이와 애기는 따루 있게 하고, 애기에겐 봉염이 어머니가 간간이 와서 젖을 멕이고 또 우유를 곁들이지 어떡허나. 큰 애 같지 않아 갓난애니까 저게서 알면 재미는 좀 적을게요. 그러니 우선은 큰 애라고 속이고 들어가야지. 그러니 그렇게만 되면 그 벌이가 아주 좋지 않우."

봉염이 어머니는 벌이 자리가 난 것만 다행으로 가슴이 뛰도록 기뻤다.

"그러면 어떻게든지 해서 들어가도록 해주우."

하였다. 그리고 돈만 그렇게 벌게 되면 이 집에 신세 진 것은 꼭 갚아야겠다 하며 자는 아기를 돌아보았을 때 저것을 떼고 남의 애에게 젖을 먹여? 하였다.

며칠 후에 몸이 다소 튼튼해진 봉염이 어머니는 드디어 젖유모로 채용이 되어 아기와 봉염이를 떨치고 가게 되었다. 그리고 봉염이와 아기는 조그만 방을 세 얻어 있게 하였다. 그 후부터 아기는 봉염이가 맡아서 길렀다. 아기는 매일같이 밤만 되면 불이 붙는 것처럼 울고 자지 않았다. 그때마다 봉염이는 아기를 업고 잠 오는 눈을 꼬집어 당기면서 방 안을 거닐었다. 그리고 나중에는 아기와 같이 소리를 내어 울면서 어두운 문밖을 내다보곤 하는 때가 종종 있었다.

이렇게 지나기를 한 일 년이 되니 아기는 우는 것도 좀 나아지고 오줌이며 똥도 누겠노라고 낑낑대었다. 봉염이는 아기를 잘 거두어주다가도 애가 놀러 왔는데 자꾸 운다든지 제 장난감을 흐뜨려놓는다든지 하면 아기를 사정없이 때리었다. 그리고 미처 오줌과 똥을 누겠노라고 못 하고 방바닥에 싸놓으면 사뭇 죽일 것같이 아기를 메치며 때리곤 하였다. 그것은 아기가 미워서 때리는 게 아니고 제 몸이 고달프고 귀찮으니 그렇게 하는 것이었다. 아기의 이름은 봉염의 이름자를 붙여서 봉희라고 지었다. 봉희는 이젠 우유를 안 먹고 간간이 어머니의 젖과 밥을 먹었다. 그는 이제야 겨우 빨빨 기었다. 그리고 때로는 오뚝 일어서고 자작자작 걸었다. 그러나 눈치는 아주 엉뚱하게 밝았다. 그러므로 어떤 때는 똥과 오줌을 방바닥에 싸놓고도 언니가 때릴 것이 무서워서 "으아" 하고 때리기 전부터 미리 울곤 하였다. 그리고 어떤 때는 봉염이가 동무와 놀 양으로 봉희를 보고 자라고 소리치면 봉희는 잠도 안 오는 것을 눈을 꼭 감고서 땀을 뻘뻘 흘리며 자는 체하였다. 그가 돌이 지나도록 자란 것은 뼈도 아니요 살도 아니요 눈치와 머리통뿐이었다. 머리통은 조그만 바가지통만은 하였다. 그리고 머리통이 몹시도 굳었다. 그러나 이 머리통을 싸고 있는 머리카락은 갓 났던 그대로 노란 것이 나스르르하였다.* 어쨌든 그의 전체에서 명 붙어 보이는 곳이란 이 머리통같이도 보이고, 혹은 이 머리통이 너무 체에 맞지 않게 크므로 못 이겨서 오래 살지 못하고 죽을 것같이도 무겁게 보이곤 했다.

봉희는 어머니를 알아보았다. 그래서 어머니가 왔다 갈 때마다 그는 번번이 울었다. 그때마다 삼모녀는 서로 붙안고 한참씩이나 울다가 헤어지곤 하였다.

어느 여름날이다. 봉염이는 열병에 걸려 밥도 못 지어 먹고서 자리에 누워 있었다. 온몸이 불같이 뜨거워서 미처 어디가 아픈지도 알아낼 수가

* 털이나 풀 따위가 짧고 성기게 나 있다.

없었다. 곁에서 봉희는 "앵앵" 울었다. 봉염이는 어머니나 와주었으면 하면서 어제 먹다 남은 밥을 봉희의 앞에 놔주었다. 봉희는 울음을 그치고 밥을 퍼 넣는다. 봉염이는 눈을 딱 감고 팔을 이마에 올려놓았다. 그러다 신발 소리 같아 눈을 번쩍 떠서 보면 어머니는 아니요, 곁에서 봉희가 밥그릇 쥐어 당기는 소리다. 그는 화가 버럭 났다.

"잡놈의 계집애, 한자리에서 먹지 여기저기 다니며 벌여놓니!"

눈을 부릅떴다. 봉희는 금시 울음이 터져 나오는 것을 참으며 입을 비죽비죽하였다. 그리고 문을 돌아보았다. 필시 봉희도 어머니를 찾는 것이라고 봉염이는 얼른 생각되었을 때 그는 "어머이!" 하고 소리치고 싶은 충동을 강하게 받았다. 그는 입술을 꼭 다물고 한참이나 울듯 울듯이 봉희를 바라다보았다.

"봉희야, 너 엄마 보고 싶니? 우리 갈까?"

그는 누가 시켜주는 듯이 이런 말을 쑥 뱉었다. 봉희는 말끄러미 보더니 밥술을 뎅그렁 놓고 달려온다. 봉염이는 아차 내가 공연한 말을 했구나! 후회하면서 봉희를 힘껏 껴안았다. 그때 두 줄기 눈

물이 그의 볼에 뜨겁게 흘러내리는 것을 그는 깨
달았다.

"어머이는 왜 안 나와. 오늘은 꼭 올 차례인데.
그렇지 봉희야!"

봉희는 아무것도 모르고

"응."

하고 대답할 뿐이었다.

"어서 밥 머. 우리 봉희는 착해."

봉염이는 봉희의 머리를 내리쓸고 내려놨다. 봉
희는 또다시 밥술을 쥐고 밥을 먹었다. 봉염이는
멍하니 천장을 바라보았다. 언제인가 어머니가 와
서 깨끗이 쓸어주고 가던 거미줄은 또다시 연기같
이 슬어 붙었다. "어머니는 거미줄이 슬었는데두
안 온다니" 하였다. 그 후에도 어머니는 몇 번이나
왔건만 그 기억은 아득하여 이런 말을 하지 않고
는 견디지 못하였다. 그는 돌아누우며 '어머니가
조반을 먹구서 명수를 업구 문밖을 나오나…… 에
크 이젠 되놈의 상점은 지났겠다. 이제 문 앞에 왔
는지도 모르지' 하고, 다시 문 편을 흘금 바라보았
다. 그러나 신발 소리는 들리지 않았다. 오직 봉희
가 술 구르는 소리뿐이다.

그는 벌떡 일어나서 문을 탁 열어젖혔다. 봉희는 어쩐 까닭을 모르고 한참이나 언니를 말끄러미 바라보다가 발발 기어 왔다.

그는 코에서 단김이 확확 내뿜는 것을 깨달으며 팔싹 주저앉았다.

밖에는 곁집 부인이 흰 빨래를 울바자*에 바삭바삭 소리를 내며 널고 있었다. 바자 밖으로 넘어오는 손끝은 흡사히 어머니의 다정한 그 손인 듯, 그리고 금시로 젖비린내를 가득히 피우는 어머니가 저 바자 밖에 섰는 듯하였다. 그는 젖비린내 속에 앉아 있으면 어쩐지 맘이 푹 놓이고 평안함을 느꼈다.

그는 못 견디게 어머니 품에 자기외 다는 몸을 탁 안기고 싶었다. 그는 목이 마른 듯하여 물을 찾았다. 그래서 봉희가 밥 말아 먹던 물을 마셨지마는 어쩐지 더 답답하였다.

이렇게 자리에 못 붙고 안타까워하던 그는 어느새 잠이 들었다가 무엇에 놀라 후닥닥 깨었다.

*　울타리에 쓰는 바자. '바자'는 대, 수수깡, 싸리 따위로 엮어서 만든 물건.

그의 얼굴에 수없이 붙었던 파리 소리만이 왱왱하고 났다.

그는 얼른 봉희가 없는 데 정신이 바짝 들었다.

뒤이어 어머니가 왔었나? 그래서 봉희만 데리고 어디를 나갔나 하는 생각이 들자 그만 발악을 하고 울고 싶었다.

그는 미친 듯이 달려 일어났다. 그래서 밖으로 튀어 나가니 어머니와 봉희는 보이지 않았다. 그리고 찌는 듯한 더위는 마당이 붉어지도록 내리쪼인다. 어디 갔을까? 어머니가? 하고 울 밖에까지 쫓아 나갔다가 앞집 부인을 만났다.

"우리 어머이 못 봤우?"

"못 봤어…… 왜 어디 아프냐? 너."

어머니 못 봤다는 말에 더 말하고 싶지 않은 그는 눈이 벌게서 찾아다니다가 방으로 들어왔다. 그때 뒤뜰에서 무슨 소리가 나므로 벌떡 일어나 뛰어나갔다.

저편 뜨물동이 옆에는 봉희가 붙어 서서 그 큰 머리를 숙이고 마치 젖 빨듯이 입을 뜨물동이에 대고 뜨물을 꼴깍꼴깍 들이마시고 있다. 그리고 머리털은 햇볕에 불을 댄 것처럼 빨갛다.

5. 어머니의 마음

사흘 후에 봉염이는 드디어 죽고 말았다. 그의 어머니는 할 수 없이 유모를 그만두고 명수네 집에서 나오게 되었으며 봉희 역시 몹시 앓더니 그만 죽었다. 형제가 죽는 것을 본 주인집에서는 그를 나가라고 성화 치듯 하였다. 그는 참다못해서 주인마누라와 아우성을 치면서 싸웠다. 그리고 끌어내기 전에는 움직이지 않을 뜻을 보이고 하루 종일 방 안에 누워 있었다. 전날에 그는 미처 집세를 못 내도 주인 대하기가 거북하였는데 지금은 어디서 이러한 대담함이 생겼는지 그 스스로도 놀랄 만하였다.

이제도 그는 주인마누라와 한참이나 싸웠다. 만일 주인마누라가 좀 더 야단을 쳤다면 그는 칼이라도 가지고 달라붙고 싶었다. 그러나 다행히 주인마누라는 그 눈치를 채었음인지 슬그머니 들어가고 말았다. "흥! 누구를 나가래. 좀 안 나갈걸, 암만 그래두." 이렇게 중얼거리며 그는 문 편을 노려보았다. 그리고 좀 더 싸우지 않고 들어가는 주인마누라가 어쩐지 부족한 듯하였다. 그는 지금 땅이라도 몇십 길 파고야 견딜 듯한 분이 우쩍우쩍 올라왔던 것이다.

분이 내려가더니 잠깐 잊었던 봉염이 봉희, 명수까지 뻔히 떠오른다. 생각하면 할수록 그들은 자기가 일부러 죽인 듯했다. 그가 곁에 있었으면 애들이 그러한 병에 걸렸을는지도 모르거니와 설사 병에 걸렸다더라도 죽기까지는 않았을 것 같았다. 그는 가슴을 탁탁 쳤다. "남의 새끼 키우느라 제 새끼를 죽인단 말이냐…… 이년들 모두 가면 난 어쩌란 말이. 날 마자 다려가라" 하고 소리를 내어 울었다. 그러나 음성도 이미 갈리고 지쳐서 몇 번 나오지 못하고 콱 막힌다. 그러고는 목구멍만 찢어지는 듯했다. 그는 기침을 칵칵하며 문밖을 흘끔 보았을 때 며칠 전 일이 불현듯이 떠올랐다.

그날 밤 비는 좍좍 퍼부었다. 봉염이 어머니는 봉염이가 앓는 것을 보고 가서 도무지 잠들 수가 없었다. 그래서 밤중에 그는 속옷 바람으로 명수의 집을 벗어났다. 그가 젖유모로 처음 들어갔을 때 밤마다 옷을 벗지 못하고 누웠다가는 명수네 식구가 잠만 들면 봉희를 찾아와서 젖을 먹이곤 하였다. 이 눈치를 챈 명수 어머니는 밤마다 눈을 밝히고 감시하는 바람에 그 후로는 감히 옷을 입지 못하고 누웠다가는 틈만 있으면 벗은 채로 달려오는 때가 종종 있었던 것이다. 그 밤, 낮에 다녀온 것을 명수 어머니가 뻔히 아는 고로 다시 가겠단 말을 못 하고 누웠다가 그들이 잠든 틈을 타서 소리 없이 문을 열고 나온 것이다. 사방은 지척을 분간할 수 없이 어두우며 몰아치는 바람결에 굵은 빗방울은 그의 벗은 어깨를 사정없이 내리쳤다. 그리고 눈이 뒤집히는 듯 번갯불이 번쩍이고 요란한 천둥소리가 하늘을 때려 부수는 듯 아뜩아뜩하였다.

그러나 그는 지금 아무것도 무서운 것이 없었다. 오직 그의 앞에는 저 하늘에 빛나는 번갯불같이 딸들의 신변이 일각일각으로 걱정되었던 것이다.

그가 숨이 차서 집까지 왔을 때 문밖에 허연 무엇이 있음에 그는 깜짝 놀랐다. 그러나 그것은 봉염인 것을 직각하자 그는 와락 달려들었다.

"이년의 계집애, 뒈지려고 예 가 누웠냐?"

비에 젖은 봉염의 몸은 불 같았다. 그는 또다시 아뜩하였다. 그리고 간폭을 갉아내는 듯함에 그는 부르르 떨었다. 따라서 젖유모고 무엇이고 다 집어뿌리겠다는 생각이 머리가 아프도록 났다. 그러나 그들이 방까지 들어와서 가지런히 누웠을 때 그의 머리에는 또다시 불안이 불 일듯 하였다. 명수가 지금 깨어서 그 큰 집이 떠나갈 듯이 우는 것 같고, 그리고 명수 어머니 아버지까지 깨어서 얼굴을 찡그리고 자기의 지금 행동을 나무라는 듯, 보다도 당장에 젖유모를 그만두고 나가라는 불호령이 떨어지는 듯, 아니 떨어진 듯. 그는 두 딸의 몸을 번갈아 만지면서도 그의 손끝의 감촉을 잃도록 이런 생각만 자꾸 들었다. 그는 마침내 일어났다. 자는 줄 알았던 봉희가 젖꼭지를 쥐고 달려 일어났다. 그리고 "엄마!" 하고 울음을 내쳤다. 봉염이는 차마 어머니를 가지 말란 말은 못 하고 흑흑 느껴 울면서 어머니의 치맛귀를 잡고

"조금만 더……"

하던 그 떨리는 그 음성…… 그는 지금도 들리는 듯하였다. 아니 영원히 잊혀지지 않을 것이다.

그는 벌떡 일어났다. 그리고 이 모든 생각을 하지 않으려고 방 안을 빙빙 돌았다. 그러나 불똥 튀듯 일어나는 이 쓰라린 기억은 어쩔 수가 없다. 그리고 명수의 얼굴까지 떠올라서 핑핑 돌아간다.

빙긋빙긋 웃는 명수. "그놈 울지나 않는지……" 나오는 줄 모르게 이렇게 중얼거리고는 그는 억지로 생각을 돌리려고 맘에 없는 딴말을 지껄였다. "에이 이놈의 자식, 너 때문에 우리 봉희 봉염이는 죽었다. 물러가라!" 그러나 명수의 얼굴은 점점 다가온다. 손을 들어 만지면 만져질 듯이…… 그는 얼른 손등을 꽉 물었다. 손등이 아픈 것처럼 그렇게 명수가 그립다. 그리고 발길은 앞으로 나가려고 주춤주춤하는 것을 꾹 참으며 어제 이맘때 명수의 집까지 갔다가도 명수 어머니에게 거절을 당하고 돌아오던 생각을 하며 맥없이 머리를 떨어뜨리었다. '흥! 제 자식 죽이고 남의 새끼 보고 싶어 하는 이 어리석은 넌아, 왜 죽지 않고 살아 있어? 왜 살아, 왜 살아, 그때 죽었으면 이 고생은 하지 않지' 하며 남편의 죽은 것을 보고 따라 죽을까? 하던 그때 생각을 되풀이하였다. 그리고 자신이 이러한 비운에 빠지게 된 것은 남편이 죽었기 때문이라고 단정하였다. 그리고 남편을 죽인 공산당, 그에게 있어서는 철천지원수인 듯했다. 생각하면 팡둥도 그의 남편이 없기 때문에 그에게 그러한 일을 감행하지 않았던가. 그렇다, 모두가 공산당 때문이다. 그때 공산당이라고 경비대에게 죽었다는 봉식이가 떠오르며 팡둥의 그 얼굴이 선명하게 나타난다. "이놈 내 아들이 공산당이라구…… 내쫓으려면 그냥 내쫓지 무슨 수작이냐, 더러운 놈…… 봉식아 살았느냐 죽었느냐?" 그는 봉식이를 부르고 나니 어떤 실낱같은 희망을 느꼈다. 국자가엘 가자, 그래서 봉식이를 찾자 할 때 그는 가기 전에 명수를 봐야겠다는 생각이 불쑥 일어난다. 명수, 명수야! 하고 입속으로 부르며 무심히 그는 그의 젖꼭지를 꼭 쥐었다. 지금쯤은 날 부르고 울지 않는가? ……그는 와락 뛰어나왔다. 그러나 명수 어머니의 그 얼굴이 사정없이 그의 앞을 콱 가로막는 듯했다. 그는 우뚝 섰다. "이년! 명수를 왜 못 보게 하니. 네가 낳기만 했지 내가 입때 키우지 않았니. 죽일 년, 그 애가 날 더 따르지, 널 따르겠니. 명수는 내 거다" 하고 눈을 부릅떴다. 그러나 다음 순간에 명수의 머리카락 하나 자유로 만져보지 못할 자신인 것을 깨달을 때 그는 머리를 푹 숙였다.

고요한 밤이다. 이 밤의 고요함은 그의 활활 타는 듯한 가슴을 눌러 죽이려는 듯했다. 이러한 무거운 공기를 헤치고 물큰 스치는 감자 삶은 내! 그는 지금이 감자 철인 것을 얼핏 느끼며 누구네가 감자를 이리도 구수하게 삶는가 하며 휘돌아보았다. 그리고 뜨끈한 감자 한 톨 먹었으면 하다가 흥! 하고 고소를 하였다. 무엇을 먹고 살겠다는 자신이 기막히게 가련해 보였던 것이다. 그는 벽을 의지해서 하늘을 멍하니 바라보았다. 하늘에는 달이 둥실 높이 떴고 별들이 종종 반짝인다. 빛나는 별, 어떤 것은 봉염의 눈 같고 봉희의 눈 같다. 그리고 명수의 맑은 눈 같다. 젖을 주무르며 쳐다보던 명수의 그 눈. "에이 이놈, 저리 가라!" 그는 또다시 이렇게 중얼거렸다. 그리고 봉희, 봉염의 눈을 생각하였다. 엄마가 그리워서 통통 붓도록 울던 그 눈들, 아아, 이 세상에서야 어찌 다시 대하랴! …… 공동묘지에나 가볼까 하고 그는 충충 걸어 나올 때 달 아래 고요히 놓인 수없는 묘지들이 휙 지나친다. 그는 갑자기 싫은 생각이 냉수같이 그의 등허리를 지나친다. 여기에 툭 튀어나오는 달 같은 명수의 그 얼굴, 그는 멈칫 서며 죽음이란 참말 무서운 것이다 하며 시름없이 저편을 바라보았다. 그때 그는 무엇에 놀란 사람처럼 후닥닥 달려 나왔다.

앞집 처마 끝 그림자와 이 집 처마 끝 그림자 사이로 눈송이같이 깔리어나간 달빛은 지금 명수가 자지 않고 자기를 부르며 누워 있을 부드러운 흰 포단과 같았던 것이다. 그러나 그것은 그의 볼을 사정없이 후려치는 듯한 달빛이었다. 그는 두 손으로 볼을 쥐고 그 달빛을 밟고 섰다. 그리고 "명수야!" 하고 쏟아져 나오는 것을 숨이 막히게 참으며 조금도 이지러짐이 없는 저 달을 쳐다보았다. 그의 눈에는 어느덧 눈물이 술술 흐른다. 그리고 정이란 치사한 것이다!라고 생각하였다.

그는 문득 그의 그림자를 굽어보며 이제로부터 자신은 살아야 하나 죽어야 하나가 의문이 되었다. 맘대로 하면 당장이라도 죽어서 아무것도 잊으면 이 위에 더 행복은 없을 것 같다. 그러고 나니 그의 몸은 천근인 듯 이 무게는 죽음으로써야 해결할 것 같다. 죽으면 어떻게 죽나? 양잿물을 마시고…… 아니 아니, 그것은 못 할 게야, 오장육부가 다 썩어 내리고야 죽으니 그걸 어떻게…… 그러면 물에 빠져…… 그의 앞에는 핑핑 도는 푸른 물결이 무섭게 나타나 보인다. 그는 흠칫하며 벽을 붙들었다. 사는 날까지 살자. 그래서 봉식이도 만나보고 그놈들 공산당들도 잘되나 못되나 보구. 하늘이 있는데 그놈들이 무사할까 부야. 이놈들 어디 보자. 그는 치를 부르르 떨었다. 마침 신발 소리가 나므로 그는 주인마누라가 또 싸우러 나오는가 하고 안방 편으로 머리를 돌렸다. 반대 방향에서

"왜 거기 섰수?"

그는 휘끈 돌아보자 용애 어머니임에 반가웠다. 그리고 저가 명수의 소식을 가지고 오는 듯싶었다.

"명수 봤수?"

"명수? 아까 낮에 잠깐 봤수."

"울지? 자꾸 울 게유!"

용애 어머니는 그를 물끄러미 바라보며 아까 명수가 발악을 하고 울던 생각을 하였다. 그리고 봉염이 어머니 역시 얼마나 명수를 보고 싶어 한다는 것을 즉석에서 알 수가 있었다.

"어제 갔댔수? 명수한테."

"예, 그년이 죽일 년이 애를 보게 해야지. 흥! 잡년 같으니."

용애 어머니는 잠깐 주저하다가

"가지 말아요. 명수 어머니가 벌써 어서 알았는지 봉염이 봉희가 염병에 죽었다구 하면서 펄펄

뗍데다. 아예 가지 말아유.”

그는 용애 어머니마저 원망스러워졌다.

“염병은 무슨 염병, 그 애들이 없는데야 무슨 잔수작이래유. 그만두래. 내 그 자식 안 보면 죽을까 뭐, 안 가, 안 가유, 흥!”

명수 어머니가 앞에 섰는 듯 악이 바락바락 치밀었다. 그의 기색을 살피는 용애 어머니는

“그까짓 말은 그만둡시다, 우리! 저녁이나 해 자셨수?”

치맛귀를 휩싸고 쪼그려 앉은 용애 어머니에게서는 청어 비린내가 물큰 일어난다. 그는 갑자기 자기가 배가 고파서 이렇게 더 어렵다는 것을 알았다. 그리고 용애 어머니에게 말하여 식은 밥이라도 좀 먹어야겠다 하였다.

“오늘도 또 굶었구려. 산 사람은 먹어야지유! 내 그럴 줄 알고 밥을 좀 가져오렸더니…… 잠깐 기대리우. 내 얼른 가져올게.”

용애 어머니는 얼른 일어나서 나간다. 봉염이 어머니는 하반신이 끊어지는 듯 배고픔을 느끼며 겨우 방 안으로 들어가서 쾅 하고 누워버렸다. 용애 어머니는 왔다.

"좀 떠보시유. 그리고 정신을 차려유. 그러구 살 도리를 또 해야지…… 저 참, 이쒜 남는 장사가 있수."

봉염이 어머니는 한참이나 정신없이 밥을 먹다가 용애 어머니를 바라보았다.

"아주 이가 많이 남아유. 저, 거시기 우리 영감도 그 벌이하러 오늘 떠났다오."

"무슨 벌이유?"

벌이라는 말에 그의 귀는 솔깃하였다. 용애 어머니는 음성을 낮추며

"소금 장사 말유."

"붙잡히면 어찌유?"

봉염이 어머니는 눈을 둥그렇게 떴다.

"그러기에 아주 눈치 빠르게 잘해야지. 돈벌이하랴면 어느 것이나 쉬운 것이 어디 있수 뭐."

그는 이렇게 말하면서 먼 길을 떠난 영감의 신변이 새삼스럽게 더 걱정이 되었다. 한참이나 그들은 잠잠하고 있었다.

"봉염이 어머니두 몸이 튼튼해지거들랑 좀 해봐유. 조선서는 소금 한 말에 삼십 전 안에 든다는데 여기 오면 이 원 삼십 전! 얼마나 남수."

그의 말에 봉염이 어머니는 기운이 버쩍 나면
서도 다시 얼핏 생각하니 두 딸을 잃은 자기다. 남
들은 아들딸을 먹여 살리려고 소금 짐까지 지지
만 자신은 누구를 위하여……? 마침내 자기 일신
을 살리려라는 결론을 얻었을 때 그는 너무나 적
적함을 느꼈다. 그러나 아무리 자기 일신일지라도
스스로 악을 쓰고 벌지 않으면 누가 뜨물 한 술이
나 거저 줄 것일까? 굶는다는 것은 차라리 죽음보
다도, 무엇보다 무서운 것이다. 보다도 참기 어려
운 것은 그것이다. 요전까지는 그의 정신이 흐리
고 온 전신이 나른하더니 지금 밥술을 입에 넣으
니 확실히 다르지 않은가. 그리고 가슴을 누르는
듯하던 주위의 공기가 가뿐해오지 않는가. 살아서
는 할 수 없다, 먹어야지…… 그때 그는 문득 중국
인의 헛간에서 봉희를 낳고 파 뿌리를 씹던 생각
이 났다. 그는 몸서리를 쳤다. 그리고 그동안에 그
는 명수네 집에서 비록 맘 고통은 있었을지라도
배고픈 일은 당하지 않았다는 것을 처음으로 느꼈
다. 그는 명수의 얼굴을 또다시 머리에 그리며 명
수가 못 견디게 자꾸 울어서 명수 어머니가 할 수
없이 날 또다시 데려가지 않으려나? 하면서 밥술

을 놓았다.

"왜 더 자시지. 이젠 아무 생각도 말구 내 몸 튼튼할 생각만 해유."

"튼튼할…… 흥, 사람의 욕심이란…… 영감 죽어, 아들딸……"

그는 음성이 떨리어 목멘 소리를 하면서 문 편을 시름없이 바라보았다. 달빛에 무서우리만큼 파리해 보이는 그의 얼굴을 바라보는 용애 어머니는 나가는 줄 모르게 한숨을 쉬었다.

그리고 하늘도 무심하다 하며 달빛을 쳐다보았다.

"그럼 어쩌우. 목숨 끊지 못하구 살 바에는 튼튼해야지. 지나간 일은 아예 생각지 말아유."

이렇게 밀하는 용애 어머니는 그의 곁으로 다가앉으며 흐트러진 그의 머리를 만져주었다.

그는 얼핏 명수가 젖을 먹으며 그 토실토실한 손으로 그의 머리카락을 쥐어뜯던 생각이 나서 적이 가라앉았던 가슴이 다시 후닥닥 뛴다. 그는 무의식간에 용애 어머니의 손을 덥석 쥐었다.

"명수 지금 잘까유?"

말을 마치며 용애 어머니 무릎에 그는 머리를 파묻고 소리를 내어 울었다. 어느덧 용애 어머니 눈에서도 눈물이 흘렀다.

"울지 마우. 그까짓 남의 새끼 생각지 말아유. 쓸데 있수?"

"한 번만 보구는…… 난 안 볼래유. 이제 가유, 네 용애 어머니."

자기 혼자 가면 물론 거절할 것 같으므로 그는 용애 어머니를 데리고 가려는 심산이었다.

용애 어머니는 아까 입에 못 담게 욕을 하던 명수 어머니를 얼핏 생각하며 난처해하였다.

그래서 그는 언제까지나 잠잠하고 있었다. 봉염이 어머니는 벌떡 일어났다. 그리고 용애 어머니의 손을 잡아끌었다.

"봉염이 어머니, 좀 진정해유. 우리 내일 가봅시다."

하고 그를 꼭 붙들어 주저앉히었다. 달빛은 여전히 그들의 얼굴에 흐르고 있다.

6. 밀수입

북국의 가을은 몹시도 스산하다. 우레 같은 바람 소리가 대지를 뒤흔드는 어느 날 밤 봉염이 어머니는 소금 너 말을 자루에 넣어서 이고 일행의 뒤를 따랐다. 그들 일행은 모두가 여섯 사람인데 그중에 여인은 봉염이 어머니뿐이었다. 앞에서 걷는 길잡이는 십여 년을 이 소금 밀수로 늙었기 때문에 눈 감고도 용이하게 길을 찾아가는 것이다. 그러므로 그들은 이 길잡이에게 무조건 복종을 하였다. 그리고 며칠이든지 소금 짐을 지는 기간까지는 벙어리가 되어야 하며 그 대신 의사 표시는 전부 행동으로 하곤 하였다.

그들은 열을 지어 나란히 걸었다. 바람은 여전히 불었다. 그들은 앞의 사람의 행동을 주의하며 이 바람 소리가 그들을 다그쳐오는 어떤 신발 소리 갇고 또 어찌 들으면 순사의 고함치는 소리 갇아 숨을 죽이곤 하였다. 그리고 어제도 이 근방 어디서 소금 짐을 지다 총에 맞아 죽은 사람이 있다지 하며 발걸음 옮김을 따라 이러한 불안이 저 어둠과 같이 그렇게 답답하게 그들의 가슴을 캄캄케 하였다.

남들은 솜옷을 입었는데 봉염이 어머니는 겹옷을 입고 발가락이 나오는 고무신을 신었다. 그러나 추운 것은 모르겠고 시간이 지날수록 머리에

인 소금 자루가 무거워서 견딜 수 없다. 머리 복판을 쇠뭉치로 사정없이 뚫는 것 같고 때로는 불덩이를 이고 가는 것처럼 자꾸 따가웠다. 그가 처음에 소금 자루를 일 때 사내들과 같이 엿 말을 이렸으나 사내들이 극력 말리므로 애수한* 것을 참고 너 말을 이게 된 것이다. 그런 것이 소금 자루를 이고 단 십 리도 오기 전에 이렇게 머리가 아팠다. 그는 얼굴을 잔뜩 찡그리고 두 손으로 소금 자루를 조금씩 쳐들어 아픈 것을 진정하렸으나 아무 쓸데도 없고 팔까지 떨어지는 듯이 아프다. 그는 맘대로 하면 이 소금 자루를 힘껏 쥐어뿌리고 그 자리에서 자신도 그만 넌쩍 죽고 싶었다. 그러나 그것은 공연한 맘뿐이었다. 발길은 여전히 사내들의 뒤를 따라간다. 사내들과 같이 저렇게 나도 등에 져보더라면…… 이제라도 질 수가 없을까, 그러려면 끈이 있어야지 끈이…… 좀 쉬어 가지 않으려나, 쉬어 갑시다, 금시로 이러한 말이 입 밖에까지 나오다가는 칵 막히고 만다. 그리고 여전히 손길은 소금 자루를 들어 아픈 것을 진정하려 하였다.

* 놓치기 아깝고 서운하다.

이마와 등허리에서는 땀이 낙수처럼 흘러서 발 밑까지 내려왔다. 땀에 젖은 고무신은 왜 그리도 미끄러운지 걸핏하면 그는 쓰러지려 하였다. 그래서 그는 정신을 바짝 차리면 벌써 앞에 신발 소리는 퍽이나 멀어졌다. 그는 기가 나서 따라오면 숨이 칵칵 막히고 옆구리까지 결린다. 두 말이나 일 것을…… 그만 쏟아버릴까? 어쩌누? 소금 자루를 어루만지면서도 그는 차마 그리하지는 못하였다.

어느덧 강물 소리가 어렴풋이 들린다. 그들은 이 강물 소리만 들어도 한결 답답한 속이 좀 풀리는 듯하였다. 강가에 가면 이 소금 짐을 벗어놓고 잠시라도 쉬일 것이며 물이라도 실컷 마실 것 등을 생각히었던 것이나. 그러면서도 강 저편에 무엇들이 숨어 있지나 않을까? 하는 불안이 강물 소리를 따라 높아간다. 봉염이 어머니는 시원한 강물 소리조차도 아픔으로 변하여 그의 고막을 바늘 끝으로 꼭꼭 찌르는 듯, 이 모양대로 조금만 더 가면 기진하여 죽을 것 같았다. 마침 앞에 사내가 우뚝 서므로 그도 따라 섰다. 바람이 무섭게 지나친 후에 어디선가 벌레 울음소리가 물결을 따라 들렸다. 낑 하고 앞에 사내가 앉는 모양이다. 그도 털썩하고 소금 자루를 내려놓으며 쓰러졌다. 그리고 얼른 머리를 두 손으로 움켜쥐며 바늘로 버티어 있는 듯한 눈을 억지로 감았다. 그러면서도 앞에 사내들이 참말로 다들 앉았는가 나만이 이렇게 쓰러졌는가 하여 주의를 게으르지 않았다.

아픈 것이 진정되니 온몸이 후들후들 떨린다. 그는 몸을 웅크릴 때 앞에 사내가 그를 쿡 찌른다. 그는 후닥닥 일어났다. 사내들의 옷 벗는 소리에 그는 한층 더 정신이 바짝 들었다. 그는 잠깐 주저하다가 옷을 훌훌 벗어 돌돌 뭉쳐서 목에 달아매었다. 그때 그는 놀릴 수 없이 아픈 목을 어루만지며 용정까지 이 목이 이 자리에 붙어 있을까? 하는 의문이 들었다. 그리고 사내가 이어주는 소금 자루를 이고 다시 걷기 시작하였다.

벌써 철버덕철버덕하는 물소리가 나는 것을 보아 앞에 사람은 강물에 들어선 모양이다. 벌써 그의 발끝이 모래사장을 거쳐 물속에 들어간다. 그는 오소소 추우며 알 수 없는 겁이 버쩍 들어서 물결을 굽어보았다. 시커멓게 보이는 그 속으로 물결 소리만이 요란하였다. 그리고 뭉클뭉클 내려밀치는 물결이 그의 몸을 올려주었다. 그때마다 머리끝이 쭈뼛해지며 오한을 느꼈다. 그리고 흑하고 숨을 들이마셨다.

물이 깊어갈수록 발밑에 깔린 돌이 굵어지며 걷기도 몹시 힘들었다. 그것은 돌이 께느른한*해감탕** 속에 묻히어 있기 때문이다. 그래서 걸핏하면 미끈 하고 발끝이 줄달음을 치는 바람에 정신이 아득해지곤 하였다. 봉염이 어머니는 몇 번이나 발이 미끄러지고 또 곱디디었다. 물은 젖가슴을 확실히 지나쳤다. 그때 그의 발끝은 어떤 바위를 디디다가 미끈 하여 달음질쳐 내려간다. 그 순간 온몸이 화끈해지도록 그는 소금 자루를 버티고 서서 넘어지려는 몸을 바로잡으려 하였다. 그러나 벌어지는 다리와 나리를 모으는 수가 없었다. 그리고 소리를 쳐서 앞에 사내들에게 구원을 청하려 하나 웬일인지 숨이 막히고 답답해지며 암만 소리를 질러도 나오지도 않거니와 약간 나오는 목소리도 물결과 바람결에 묻혀버리곤 하였다. 그는 죽을힘을 다하여 왼발에 힘을 들이고 섰다. 그때 그

* 일이 마음에 내키지 않게 느른하다.
** 바닷물 따위에서 흙과 유기물이 썩어서 이루어진 진흙탕.

는 죽는 것도 무서운 것도 아뜩하고 다만 소금 자루가 물에 젖으면 녹아버린다는 생각만이 미끄러져 내려가는 발끝으로부터 머리털 끝까지 뻗치었다.

앞서가는 사내들은 거의 강가까지 와서야 봉염이 어머니가 따르지 않는 것을 눈치채고 근방을 찾아보다가 하는 수 없이 길잡이가 오던 길로 와 보았다. 길잡이는 용이하게 그를 만났다. 그리고 자기가 조금만 더 지체하였더라면 봉염이 어머니는 죽었으리라 직각되었다. 그는 봉염이 어머니의 손을 잡아 일으키며 일변 소금 자루를 내리어 자기의 어깨에 메었다. 그리고 그의 발끝에 밟히는 바위를 직각하자 봉염이 어머니가 이렇게 된 원인이 여기 있는 것을 곧 알았다. 그리고 자기는 이 바위 옆을 훨씬 지나쳐 길을 인도하였는데 어쩐 일인가 하며 봉염이 어머니의 손을 꼭 쥐고 걸었다.

봉염이 어머니는 정신이 흐릿해졌다가 이렇게 걷는 사이에 정신이 조금 들었다. 그러나 몸을 건사하기 어렵게 어지러우며 입안에서 군물이 실실 돌아 헛구역질이 자꾸 나온다. 그러면서도 머리에는 아직도 소금 자루가 있거니 하고 마음대로 머리를 움직이지 못하였다. 그들이 강가까지 왔을 때 맘을 졸이고 있던 나머지 사람들은 욱 쓸어 일어났다. 그리고 저마다 두 사람을 어루만지며 어떤 사람은 눈물까지 흘리었다. 자기들의 신세도 신세려니와 이 부인의 신세가 한층 더 불쌍한 맘이 들었다. 동시에 잠 한잠 못 자고 오롯이 굶어왔다 자기들을 기다리고 있을 아내와 어린것들이며 부모까지 생각하고는 뜨거운 한숨을 푸푸 쉬었다.

그 순간이 지나가니 또다시 맘이 졸이고 무서워서 잠시나마 가만히 앉아 있을 수가 없었다. 그래서 그들은 이번에는 봉염이 어머니를 가운데 세우고 여전히 걸었다. 이번에는 밭고랑으로 가는 셈인지 봉염이 어머니는 발끝에 조 벤 자국과 수수 벤 자국에 찔리어서 견딜 수 없이 아팠다. 그는 몇 번이나 고무신을 벗어버리렸으나 그나마 버리지는 못하였다. 그는 언제나 이렇게 맘을 내고도 한 번도 그의 속이 흡족하게 실행하지는 못하였다. 그저 망설였다. 나중에는 고무신이 찢어져 조 뿌리나 수수 뿌리에 턱턱 걸려 한참씩이나 진땀을 뽑으면서도 여전히 버리지는 못하였다.

그들이 어떤 산마루턱에 올라왔을 때 "누구냐? 손 들고 꼼짝 말고 서라. 그렇지 않으면 쏠 터이다!"

이러한 고함 소리와 함께 눈이 부시게 파란 불빛이 쏵 하고 그들의 얼굴에 비친다. 그들은 이 불빛이 마치 어떤 예리한 칼날 같고 또 그들을 향하여 날아오는 총알 같아서 무의식간에 두 손을 번쩍 들었다. 그리고 이젠 소금을 빼앗겼구나! 하고 그들은 저마다 속으로 생각하였다. 이렇게 단정은 하면서도 웬일인지 저들이 공산당이나 아닌가 혹은 마적단인가 하며 진심으로 그리되었으면 하고 바랐다. 공산당이나 마적단들에게는 잘 빌면 소금 짐 같은 것은 빼앗기지 않기 때문이었다.

길잡이로부터 시작하여 깡그리 몸 뒤짐을 하고 난 저편은 거풋하고 불을 끄고 한참이나 중얼중얼하였다. 그들은 불을 끄니 전신에 소름이 오싹 끼치며 저놈들이 칼을 빼어 들었는가 혹은 총부리를 겨누었는가 하여 견딜 수 없이 안타까웠다. 그때 어둠 속에서는

"여러분! 당신네들이 왜 이 밤중에 단잠을 못 자고 이 소금 짐을 지게 되었는지 알으십니까!"

쇳소리 같은 웅장한 음성이 바람결을 타고 높았다 떨어진다. 그들은 '옳다! 공산당이구나! 소금

은 빼앗기지 않겠구나. 저들에게 뭐라구 사정하면 될까' 하고 두루 생각하였다. 저편의 음성은 여전히 흘러나왔다. 그들은 말하는 시간이 지날수록 어서 말을 그치고 놓아 보냈으면 하였다. 그리고 이 산 아래나 혹은 이 산 저편에 경비대가 숨어 있어 우리들이 공산당의 연설을 듣고 있는 것을 들으면 어쩌나 하는 불안이 자꾸 일어난다. 봉염이 어머니는 저편의 연설을 듣는 사이에 싼더거우 있을 때 봉염이를 따라 학교에 가서 선생의 연설 듣던 것이 얼핏 생각키우며 흡사히도 그 선생의 음성 같았다. 그는 머리를 번쩍 들며 저편을 주의해 보았다. 다만 칠흑 같은 어둠만이 가로막힌 그 속으로 음성만 들릴 뿐이다. 그는 얼른 우리 봉식이도 저 가운데나 섞이지 않았는가 하였으나 그는 곧 부인하였다. 그리고 봉식이가 보통 아이와 달라 똑똑한 아이니 절대로 그런 축에는 섞이지 않았을 것이라고 단정되었다. 이렇게 생각하고 나니 봉식이에 대한 불안은 적어지나 저들의 말하는 것이 어쩐지 이 소금 자루를 빼앗으려는 수단 같기도 하고, 저 말을 그치고 나면 우리를 죽이려는가 하는 의문이 자꾸 들었다.

어둠 속에서 연설이 끝난 후에 원로에 잘 다녀가라는 인사까지 받았다. 그들은 얼결에 또다시 걸었다. 그러면서도 저들이 우리를 돌려보내는 것처럼 하고 뒤로 따라오며 총질이나 하지 않으려나 하여 발길이 허둥거렸다. 그러나 그들이 산을 넘어 밭머리로 들어설 때 비로소 안심하고 공산당들이야 □□□만은 바른 사람들이지 하고 한숨 끝에 탄식하였다.

봉염이 어머니는 조급한 맘을 진정할수록 저들이 의심할 수 없는 공산당들이었구나! 하였다. 그리고 아까 그들의 앞에서 깜짝하지 못하고 섰던 자신을 비웃으며 세상에 제일 못난 것은 자기라 하였다. 남편을 죽이고 자기를 이와 같은 구렁에 빠뜨린 저들 원수를 마주 서고도 말 한마디 못 하고 떨고 섰던 자신! 보다도 평시에 저주하고 미워하던 그 맘조차도 그들 앞에서는 감히 생각도 못 한 자기. 아아! 이러한 자기는 지금 살겠노라고 소금 자루를 지고 두 다리를 움직인다. 그는 기가 막혀서 웃음이 나올 지경이었다. 그리고 못난 바보일수록 살겠다는 욕망은 더 크다고 깨달았다. 동시에 한 가지 의문 되는 것은 저들이 어째서 우리들의 소금 짐을 빼앗지 않고 그냥 보내었을까가 의문이었다. 그렇게 사람 죽이기를 파리 죽이듯 하고 돈과 쌀을 잘 빼앗는 그놈들이…… 하며 그는 이제야 저주하기 시작하였다.

그들은 낮에는 산속에서 혹은 풀숲에서 숨어 지내고 밤에만 걸어서 사흘 만에야 겨우 용정까지 왔다. 집까지 온 봉염이 어머니는 소금 자루를 얻다가 감추어야 좋을지 몰라 한참이나 망설이다가 낡은 상자 안에 넣어서 방 한구석에 놓고야 되는 대로 주저앉았다. 방 안에는 찬바람이 실실 돌고 방바닥은 얼음덩이같이 차다. 그는 머리와 발가락을 어루만지며 목이 메어서 울었다. 집에 오니 또다시 봉염이며 봉희며 명수까지 선하게 보이는 듯하였던 것이다. 그들이 곁에 있으면 이렇게 쓰리고 아픈 것도 한결 나을 것 같다. 그는 한참이나 울고 난 뒤에 사흘 동안이나 지난 생각을 하며 무의식간에 몸서리를 쳤다. 그리고 이 눈물도 여유가 있어야 나온다는 것을 알았다. 그는 "으흠" 하고 신음을 하며 누울 때 소금 처치할 것이 문득 생각키운다. 남들은 벌써 다 팔았을 터인데 누가 소금 사러 오지 않는가 하여 문 편을 홀금 바라보다가

내가 소금 짐을 져 왔는지 여 왔는지 누가 알아야
지, 그만 내가 일어나서 앞집이며 뒷집을 깨워서
물어볼까? 그러다가 참말 순사를 만나면 어떡해
하며 그는 부시시 일어나려 하였다. 아! 소리를 지
르도록 다릿마디*가 맞질리어 그는 한참이나 진
정해가지고야 상자 곁으로 왔다.

그는 잠깐 귀를 기울여 밖을 주의한 후에 가만
히 손을 넣어 소금 자루를 쓸어 만졌다. 이것을 팔
면 얼만가…… 팔 원하고 팔십 전! 그러면 밀린 집
세나 마저 물고…… 한 달 살까? 이것을 밑천으로
무슨 장사라도 해야지. 무슨 장사……? 하며 그는
무심히 만져지는 소금 덩이를 입에 넣으니 어느덧
입안에는 군물이 시르르 돌며 밥이라도 한술 먹
었으면 싶게 입맛이 버쩍 당긴다. 그는 입맛을 다
시며 침을 두어 번 삼킬 때 '소금이란 맛을 나게 한
다. 아무리 좋은 음식이나 소금이 들지 않으면 맛
이 없다. 그렇다!' 하였다. 그때 그는 문득 남편과
아들딸이 생각키우며 그들이 있으면 이 소금으
로 장을 담가서 반찬 해 먹으면 얼마나 맛이 있을

* 다리의 뼈마디.

까! 그러나 그들을 잃은 오늘에 와서 장을 담글 생각인들 할 수가 있으랴! 그저 죽지 못해 먹는 것이다. 그는 한숨을 푹 쉬었다. 생각하니 자신은 소금 들지 않은 음식과 같이 심심한 생활을 한다. 아니 괴로운 생활을 한다. 이렇게 괴로운…… 하며 그는 머리를 슬슬 어루만졌다. 머리는 얼마나 이그러지고 부어올랐는지 만질 수도 없이 아프고 쓰리었다. 그는 얼굴을 상자에 대며 '봉식아, 살았느냐 죽었느냐 이 어미를 찾으렴…… 난 더 살 수 없다!'

어느 때인가 되어 무엇에 놀라 그는 벌떡 일어났다. 벌써 날은 환하게 밝았는데 어떤 양복쟁이 두 명이 소금 자루를 내놓고 그를 노려보고 있다. 그는 그들이 순사라는 것을 번개같이 깨닫자 풀풀 떨었다.

"소금표 내놔!"

관염官鹽은 꼭 표를 써주는 것이다. 그때 그는 숨이 콱 막히며 앞이 캄캄해왔다. 그리고 얼른 두만강에서 소금 자루를 빠뜨리지 않으려고 죽을힘을 다하였었던 그때와 흡사하게도 그의 신경이 날카로워지는 것을 느꼈다. 그때는 길잡이가 와서 그의 손을 잡아 살아났지만 아아! 지금에 단포와 칼을 찬 저들을 누가 감히 물리치고 자기를 구원할까?

"이년! 너 사염私鹽을 팔러 다니는 년이구나. 당장 일어나라!"

순사는 그의 눈치를 채고 이것이 관염이 아닌 것을 곧 알았다. 그래서 그는 이렇게 소리치며 그의 손을 잡아 낚아챘다. 별안간 그의 몸은 화끈 달며 어젯밤 산마루에서 무심히, 아니 얄밉게 들었던 그들의 말이 □□떠오른다. "당신네들은 우리의 동무입니다! 언제나 우리와 당신네들이 합심하는 데서만이 우리들의 적인 돈 많은 놈들을 대적할 수 있습니다!" 캄캄한 어둠 속에서 이어지던 이 말! 그는 가슴이 으적하였다. 소금 자루를 뺏지 않던 그들이었다. 그들이 지금 곁에 있으면 자기를 도와 싸울 것 같다. 아니 꼭 싸워줄 것이고 □□□ 내 소금을 빼앗은 것은 돈 많은 놈이었구나! 그는 부지중에 이렇게 고함쳤다. 이때까지 참고 눌렀던 불평이 불길같이 솟아올랐다. 그는 벌떡 일어났다.*

《신가정》, 1934. 5.~10.

✳ 「소금」은 당시의 검열로 인해 크게 두 군데에서 붓질로 내용이 지워져 발표되었다. 이상경은 『강경애 전집』(소명출판, 1999)을 펴내며 붓질 사이로 보이는 몇 글자들을 복원하였는데, 여전히 전체 내용은 짐작하기 어려웠다. 후에 한만수가 국립과학수사연구소 문서감식실과 협동하여 과학적 복원 작업을 실행하였고, 그 결과 지워진 부분 중 85퍼센트가량이 복원되었다. 이 책에 실은 「소금」은 이를 참고하여 원본의 지워진 부분을 보충한 것이다.(한만수, 「강경애 「소금」의 '붓질 복자' 복원과 북한 '복원'본의 비교」, 『강경애, 시대와 문학』, 랜덤하우스코리아, 2006)

소설

*

원고료 이백 원

친애하는 동생 K야.

간번* 너의 편지는 반갑게 받아 읽었다. 그리고 약해졌던 너의 몸도 다소 튼튼해짐을 알았다. 기쁘다. 무어니 무어니 해야 건강밖에 더 있느냐.

K야, 졸업기를 앞둔 너는 기쁨보다도 괴롬이 앞서고, 희망보다도 낙망을 하게 된다고? 오냐, 네 환경이 그러하니만큼 응당 그러하리라. 그러나 너는 그 괴롬과 낙망 가운데서 단연히 깨달음이 있어야 한다. 그래서 기쁘고 희망에 불타는 새로운 길을 발견해야 한다.

K야, 네가 물은바 이 언니의 연애관과 내지 결혼관은 간단하게 문장으로 표현할 만한 지식이 아

* '지난번'의 북한어.

직도 나는 부족하구나. 그러니 나는 요새 내가 지내는 생활 전부와 그 생활로부터 일어나는 나의 감정 전부를 아무 꾸밀 줄 모르는 서투른 문장으로 지어놓을 터이니 현명한 너는 거기서 버릴 것은 버리고 취하여다고.

K야, 내가 요새 D신문에 장편소설을 연재하여 원고료로 이백여 원을 받은 것은 너도 잘 알지. 그것이 내 일생을 통하여 처음으로 많이 가져보는 돈이구나. 그러니 내 머리는 갑자기 활기를 얻어 온갖 공상을 다 하게 되더구나.

K야, 너도 짐작하는지 모르겠다마는! 나는 어려서부터 순조롭지 못한 가정에서 자랐고, 또 커서까지라도 순경*에 처하지 못한 나는 그나마 쥐꼬리만큼 배운 이 지식까지라도 우리 형부의 덕이었니라. 그러니 어려서부터 명일빔 한 벌 색 들여 못 입어봤으며 먹는 것이란 언제나 조밥이었구나. 그리고 학교에 다니면서도 맘대로 학용품을 어디 써보았겠니. 학기 초마다 책을 못 사서 울고 울다가는 겨우 남의 낡은 책을 얻어 가졌으며 종이와 붓

* 모든 일이 순조로운 환경.

이 없어 나의 조그만 가슴은 그 몇 번이나 달막거리었는지 모른다.

K야, 나는 아직도 잘 기억한다. 내가 학교 일 년급 때 일이다. 내일처럼 학기 시험을 치겠는데는 종이 붓이 없구나. 그래서 생각다 못해서 나는 옆의 동무의 것을 훔치었다가 선생님한테 얼마나 꾸지람을 받았겠니. 그리고 애들한테서는 "애! 도적년 도적년" 하는 놀림을 얼마나 받았겠니. 더구나 선생님은 그 큰 눈을 부라리면서 놀 시간에도 나가 놀지 못하게 하고 벌을 세우지 않겠니. 나는 두 손을 벌리고 유리창 곁에 우두커니 서 있었구나. 동무들은 운동장에서 눈사람을 만들어놓고 손뼉을 치며 좋아하지 않겠니. 나는 벌을 서면서도 눈사람의 그 입과 그 눈이 우스워서 킥 하고 웃다가 또 울다가 하였다.

K야, 어려서는 천진하니까 남의 것을 훔칠 생각을 했지만 소위 중학교까지 오게 된 나는 아무리 바쁘더라도 그러한 맘은 먹지 못하였다. 형부한테서 학비로 오는 돈은 겨우 식비와 월사금밖에는 못 물겠더구나. 어떤 때는 월사금도 못 물어서 머리를 들고 선생님을 바로 보지 못한 적이 많았으

며 모르는 학과가 있어도 맘 놓고 물어보지를 못했구나. 그러니 나는 자연히 기운이 죽고 바보같이 되더라. 따라서 친한 동무 한 사람 가져보지 못하였다. 이렇게 외로운 까닭에 하느님을 더 의지하게 되었으니, 나는 밤마다 기숙사 강당에 들어가서 목을 놓고 울면서 기도하였다. 그러나 그 괴롬은 없어지지 않고 날마다 달마다 자라만 가더구나. 동무들은 양산을 가진다, 세루* 치마저고리를 입는다, 털목도리 재킷을 짠다, 시계를 가진다. 지금 생각하면 그 모든 것이 우습게 생각되지마는 그때는 왜 그리도 부러운지 눈물이 날 만큼 부럽더구나. 그 폭신폭신한 털실로 목도리를 짜는 동무를 보면 나도 모르게 그 실을 만져보다가는 앞서는 것이 눈물이더구나. 여학교 시대가 아니고서는 맛보지 못하는 이 털실의 맛! 어떤 때 남편은 "당신은 왜 재킷 하나 짤 줄 모르우?" 하고 쳐다볼 때마다 나는 문득 여학교 시절을 회상하며, 동무가 가진 털실을 만지며 간이 짜르르하게 느끼던 그 감정을 다시 한번 느끼곤 하였다.

* 능직으로 짠 모직물의 한 가지.

K야, 어느 여름인데 내일같이 방학을 하고 고향으로 떠날 터인데 동무들은 떠날 준비에 바쁘구나. 그때는 인조견이 나지 않았을 때이다. 모두가 쟁친* 모시 치마 적삼을 잠자리 날개처럼 가볍게 해 입고 흰 양산 검은 양산을 제각기 사더구나. 그때에 나는 어째야 좋을지 모르겠더라. 무엇보다도 양산이 가지고 싶어 영 죽겠더구나. 지금은 염집 부인들도 양산을 가지지만 그때야말로 여학생이 아니고서는 양산을 못 가지는 줄로 알았다. 그러니 양산이야말로 무언중에 여학생을 말해주는 무슨 표인 것같이 생각되었니라. 철없는 내 맘에 양산을 못 가지면 고향에도 가고 싶지를 않더구나. 그래서 자꾸 울지만 않았겠니. 한방에 있는 농무 하나가 이 눈치를 채었음인지 혹은 나를 놀리느라고 그랬는지는 모르나 대 부러진 낡은 양산 하나를 어디서 갖다주더구나. 나는 그만 기뻤다. 그러나 어쩐지 화끈 달며 냉큼 그 양산을 가질 수가 없더구나. 그래서 새침하고 앉았노라니 동무는 킥 웃으며 나가더구나. 그 동무가 나가자마자 나

* 풀을 먹인 명주나 모시 따위를 펴서 다리는 것.

는 얼른 양산을 쥐고 벌리어 보니 하나도 성한 곳이 없더라. 그때 나는 무어라 말할 수 없는 울분과 슬픔이 목이 막히도록 치받치더구나. 그러나 나는 그 양산을 버리지는 못하였다.

K야, 나는 너무나 딴 길로 달아나는 듯싶다. 이만하면 나의 과거 생활을 너는 짐작할 터이지…… 나의 현재를 말하려니 말하기 싫은 과거까지 들추어놓았다. 그런데 K야, 아까 말한 그 원고료가 오기 전에 나는 밤 오래도록 잠을 못 이루고 그 돈으로 무엇을 할까? 하고 생각하였다. 지금 생각하면 부끄러운 말이지만 우선 겨울이니 털외투나 하고 목도리, 구두, 내 앞니가 너무 새가 넓으니 가늘게 금니나 하고 가늘게 금반지나 하고 시계나…… 아니 남편이 뭐랄지 모르지. 그래도 뭘 내 벌어서 내 해 가지는 데야 제가 입이 열이니 무슨 말을 한담. 이번 기회에 못하면 나는 금시계 하나도 못 가지게…… 눈 딱 감고 한다. 그리고 남편의 양복이나 한 벌 해줘야지, 양복이 그 꼴이니. 나는 이렇게 깡그리 생각해두었구나. 그런데 어느 날 원고료가 내 손에 쥐어졌구나. K야, 남편과 나와는 어쩔 줄을 모르게 기뻐했다.

　그날 밤 나는 유난히 빛나는 등불을 바라보면서

"이 돈으로 뭘 하는 것이 좋우?"

　남편의 말을 들어보기 위하여 나는 이렇게 물었구나. 남편은 묵묵히 앉았다가 혼자 하는 말처럼

"거참, 우리 같은 형편에는 돈이 없는 것이 오히려 맘 편하거든…… 글쎄 이왕 생긴 것이니 써야지. 우선 제일 급한 것이 응호 동무를 입원시키는 게지……"

　나는 이같이 뜻밖의 말에 앞이 아뜩해지며 아무 말도 할 수가 없더구나. 그러고 나를 쳐다보는 남편의 그 얼굴이 금시로 개 모양 같고 또 그 눈이 예전 소눈깔 같더구나.

"그러고 다음으로는 홍식의 부인이지. 이 겨울 동안은 우리가 돌봐야지 어쩌겠수?"

　나는 이 이상 남편의 말을 듣고 싶지 않더라. 그래서 머리를 돌려 저편 벽을 물끄러미 바라보았구나. 물론 남편의 동지인 응호라든지 혹은 같은 친구인 홍식의 부인이라든지를 나 역시 불쌍하게 생각하지 않는 바는 아니요, 그래서 이 돈이 오기 전까지는 우리의 힘 미치는 데까지는 도와주고 싶은 맘까지 가졌지만, 그러나 막상 내 손에 이백여 원

이라는 돈을 쥐고 나니 그때의 그 생각은 흔적도 없이 사라지더구나. 어쩔 수 없는 나의 감정이더라. 남편은 대답이 없는 나를 한참이나 바라보다가 약간 거센 음성으로

"그래, 당신은 그 돈을 어떻게 썼으면 좋을 듯싶소?"

그 물음에 나는 혀를 깨물고 참았던 눈물이 샘솟듯 쏟아지더구나. 그 순간에 남편이야말로 돌이나 깎아놓은 듯 그렇게도 답답하고 안타깝게 내 눈에 비치어지더구나. 무엇보다도 제가 결혼 당시에 있어서도 남들이 다 하는 결혼반지 하나 못 해주었고 구두 한 켤레 못 사주지 않았겠니. 물론 그것이야 제가 돈이 없어서 그리한 것이니 내가 그만한 것은 이해 못하는 것은 아니다. 그러나 돈이 생긴 오늘에 그것도 남편이 번 것도 아니요, 내 손으로 번 돈을 가지고 평생의 원이던 반지나 혹은 구두나를 선선히 해 신으라는 것이 떳떳한 일이 아니겠니. 그런데 이 등신 같은 사내는 그런 것은 염두에도 먹지 않는 모양이더라. 나는 이것이 무엇보다도 원망스러웠다. 그리고 지금 신는 구두도 몇 해 전에 내가 중이염으로 서울 갔을 때 남편

의 친구인 김경호가 그의 아내가 신다가 벗어놓은 구두를 자꾸만 신으라구 하더구나. 내 신발이 오죽잖아야 그리했겠니. 그때 나의 불쾌함이란 말할 수 없었다. 사람의 맘은 일반이지 낸들 왜 남이 신다 벗어놓은 것을 신고 싶겠니. 그러나 내 신발을 굽어볼 때는 차마 딱 잘라 거절할 수는 없더구나. 그래서 그 구두를 둘러보니 구멍 난 곳은 없더라. 그래서 약간 신고 싶은 맘이 있지만 남편이 알면 뭐라고 할지 몰라 그다음으로 남편에게 편지를 했구나. 며칠 후에 남편에게서는 승낙의 편지가 왔겠지. 그래서 나는 그 구두를 신게 되지 않았겠니. 그러나 항상 그 구두를 볼 때마다 나는 불쾌한 맘이 사리지지 않더구나. 그런데 오늘 밤 새삼스러이 그 구두를 빌려 신던 그때의 감정이 목구멍까지 치받치며 참을 수 없이 울음이 응응 터지는구나. 나는 마침내 어린애같이 입을 벌리고 울지 않았겠니. 남편은 벌떡 일어나며 욍 소리가 나도록 나의 뺨을 후려치누나. 가뜩이나 울분에 못 이겨 울던 나는 악이 있는 대로 쓸어나더구나.

"왜 때려, 날 왜 때려!"

나는 달려들지 않았겠니. 남편은 호랑이 눈 같

은 눈을 번쩍이며 재차 달려들더니 나의 머리끄덩이를 치는 바람에 등불까지 왱그렁 쨍하고 깨지더구나. 따라서 온 방 안에 석유내가 확 뿜기누나.

"죽여라. 죽여라."

나는 목이 메어 소리쳤다. 이제야말로 이 사나이와는 마지막이다…… 싶더라. 남편은 씨근벌떡이며

"응, 너 따위는 백번 죽여 싸다. 내 네 맘을 모르는 줄 아니. 흥 돈푼이나 생기니까 남편을 남편같이 안 알구. 에이 치사한 년, 가라! 그 돈 다 가지고 내일 네 집으로 가. 너 같은 치사한 년과는 내 못 살아. 온 여우 같은 년…… 너도 요새 소위 모던 걸이라는 두리홰눙년이 되고 싶은 게구나. 아 일류 문인으로서 그리해야 하는 게지. 허허, 난 그런 일류 문인의 사내 될 자격은 못 가졌다. 머리를 지지고 볶고, 상판에 밀가루 칠을 하구, 금시계에 금강석 반지에 털외투를 입고 입으로만 아! 무산자여 하고 부르짖는 그런 문인이 되고 싶단 말이지. 당장 나가라!"

내 손을 잡아 끌어내누나. 나는 문밖으로 쫓기어났구나.

　　K야, 북국의 바람이 얼마나 찬 것은 말할 수 없다. 내가 여기 온 지 사개 성상*을 맞이했건만 그 날 밤 같은 그러한 매서운 바람은 맛보지 못하였다. 온 세상이 얼음덩이로 된 듯하더구나. 쳐다보기만 해도 눈등이 차오는 달은 중천에 뚜렷한데 매서운 바람결에 가루눈이 씽씽 날리누나. 마치 에리한 칼끝으로 내 피부를 찌르는 듯 내 몸에 부딪치는 눈발이 그렇게 따갑구나. 나는 팔짱을 찌르고 우두커니 눈 위에 서 있었다. 그때에 나의 머리란 너무나 많은 생각으로 터질 듯하더구나. 어떻게 하나? 나는 이 여러 가지 생각 중에서 어떤 결정적 태도를 취하려고 이렇게 중얼거리며 머릿속에 놀아가는 생각을 한 가지씩 붙잡아내었다. 제일 먼저 내달아오는 것이 저 사나이와는 이젠 못 사는 게다. 금을 줘도 못 사는 게다. 그러면 나는 어떡하나, 고향으로 가나? 고향…… 저넌 또 다 살았나, 글쎄 그렇지. 며칠 살겠지, 저런 홰눙넌 하고 비웃는 고향 사람들의 얼굴과 어머니의 안타까워하는 모양! 나는 흠칫하였다. 그러면 서울로 가

* 한 해 동안의 세월. 사개 성상은 곧 4년을 뜻함.

서 어느 신문사나 잡지사에 취직을 해? 종래의 여기자들의 염문만 퍼진 것을 보아 나 역시 별다른 인간이 못 된다는 것을 깨닫자 그 말로는 타락할 것밖에 없는 듯…… 그러면 어디로 어떻게나 동경으로 가서 공부나 좀 해봐. 학비는 무엇이 대구. 내 처지로서는 공부가 아니라 타락 공부가 될 것 같다. 나는 이러한 결론을 얻을 때? 어쩐지 이 세상에서 버림을 받은 듯, 나는 여기를 가나 저기를 가나 누가 반가이 맞받아줄 사람이라고는 없는 듯하구나. 그나마 호랑이같이 씨근거리며 저 방 안에 앉아 있을 저 사나이가 아니면 이 손을 잡아줄 사람이 없는 듯하구나.

K야, 이것이 애정일까? 무엇일까. 나는 그때 또다시 더운 눈물을 푹푹 쏟았다. 동시에 그 호랑이 같은 사나이가 넙쩍넙쩍 지껄이던 말을 문득 생각하였다. 그리고 홍식의 부인이며 그 어린것이 헐벗은 모양, 또는 뼈만 남은 응호의 얼굴이 무시무시하리만큼 떠오르누나. 남편을 감옥에 보내고 떠는 그들 모자! 감옥에서 심장병을 얻어가지고 나와서 신음하는 응호! 내 손에 쥐어진 이백여 원…… 이것이면 그들을 구할 수가 있는 것이다.

나는 아직까지 몸이 성하다. 그리고 헐벗지는 않았다. 이 위에 무엇을 더 바라는 것이 허영 그것이 아니냐! 나는 갑자기 이때까지 어떤 위태한 꿈을 꾸고 있었다는 것을 확실히 알았다.

K야, 나와 같은 처지에서 금시계, 금반지, 털외투가 무슨 소용이 있는 게냐. 그것을 사는 돈으로 동지의 한 생명을 구원할 수 있다면 구원하는 것이 얼마나 떳떳한 일이냐. 더구나 남편의 동지임에랴. 아니 내 동지가 아니냐. 나는 단박에 문 앞으로 뛰어갔다.

"여보, 나 잘못했소."

뒤미처 문이 홱 열리더구나. 그래서 나는 뛰어들어가 남편을 붙들었다.

"여보, 나 잘못했소. 다시는 응."

목이 메어 울음이 쏠어 나왔다. 이 울음은 아까 그 울음과는 아주 차이가 있는 울음이었던 것만은 알아다고.

K야, 남편은 한숨을 푹 쉬면서 내 머리를 매만진다.

"당신의 맘을 내 전연히 모르는 배는 아니오. 단벌 치마에 단벌 저고리를 입고 있으니…… 그러나

벗지는 않았지. 입었지. 무슨 걱정이 있소. 그러나 응호 동무라든가 홍식의 부인을 보구려. 그래 우리 손에 돈이 있으면서 동지는 앓아 죽거나 굶어 죽거나 내버려둬야 옳단 말이오…… 그러기에 환경이 같아야 하는 게야, 환경이. 나부터라도 그 돈이 생기기 전과는 확실히 다르니까."

남편은 입맛을 다시며 잠잠하다. 그도 나 없는 동안에 이리저리 생각해본 후의 말이며 그가 그렇게 분풀이를 한 것도 내게 함보다도 자기 자신에게 일어나는 모든 불쾌한 생각을 제어하고자 함이었던 것을 나는 알 수가 있었다. 나는 도리어 대담해지며 가슴에서 뜨거운 불길이 확 일어나더구나.

"여보, 값 헐한 것으로 우리 옷이나 한 벌씩 하고 쌀이나 한 말, 나무나 한 바리* 사구는 그들에게 노나줍시다! 우리는 앞으로 또 벌지 않겠소."

남편은 나를 와락 쓸어안으며

"잘 생각했소!"

K야, 네가 지루할 줄도 모르고 내 말만 길게 늘어놓았구나. 너는 지금 졸업기를 앞두고 별의별

---

* 마소의 등에 잔뜩 실은 짐을 세는 단위.

공상을 다 할 줄 안다. 물론 그 공상도 한때는 없지 못할 것이니 나는 결코 너의 그 공상을 나무라려고 드는 것은 아니다. 그러나 그 공상에서 한 보 뛰어나와서 현실에 착안하여라.

지금 삼남의 이재민은 어떠하냐? 그리운 고향을 등지고 쓸쓸한 이 만주를 향하여 몇 만의 군중이 달려오고 있지 않느냐. 만주에 와야 누가 그들에게 옷을 주고 밥을 주더냐. 그러나 행여 고향보다는 날까 하고 와서는 처자는 요릿간*에 혹은 부호의 첩으로 빼앗기고 울고불고하며 이 넓은 벌을 헤매지 않느냐. 하필 삼남의 이재민뿐이냐. 요전에 울릉도에서도 수많은 군중이 남부여대하여 원산에 상륙하지 않았더냐. 하여간 전 조선의 빈한한 군중은, 아니 전 세계의 무산대중은 방금 기아선상에서 헤매고 있는 것을 너는 아느냐 모르느냐.

K야, 이 간도는 토벌단이 들어밀리어서 지금 한창 총소리와 칼 소리에 전 대중이 공포에 떨고 있는 중이다. 그러니 농민들은 들에서 농사를 짓지 못하였으며 또 산에서 나무를 베지 못하고 혹시

---

* 기생을 두고 술과 요리를 함께 파는 집.

목숨이나 구해볼까 하여 비교적 안전지대인 용정시와 국자가 같은 도시로 몰려드나 장차 그들은 무엇을 먹고살겠느냐. 이곳에서는 개 목숨보다도 사람의 목숨이 헐하구나.

K야, 너는 지금 상급학교에 가게 되지 못한다고 혹은 스위트 홈을 이루게 되지 못한다고 비관하느냐? 너의 그러한 비관이야말로 얼마나 값없는 비관인가를 눈 감고 가만히 생각해보아라. 네가 만일 어떠한 기회로 잠시 동안 너의 이상하는 바가 실현될지 모르나, 그러나 그것은 잠깐 동안이고 너는 또다시 대중과 같은 그러한 처지에 서게 될 터이니 너는 그때에는 그만 자살하려느냐.

K야, 너는 책상 위에서 배운 그 지식은 그것만으로도 훌륭하다. 이제야말로 실천으로 말미암아 참된 지식을 얻어야 할 때이다. 그리하여 너는 오직 너의 사회적 가치를 향상시킴에 힘써야 한다. 이 사회적 가치를 떠난 그야말로 교환가치를 향상시킴에만 몰두한다면 너는 낙오자요, 퇴패자*이다. 이것은 결코 너를 상품시 혹은 물건시 하는 데

* 싸움에서 지고 물러난 자.

서 하는 말이 아니요, 사람이란 인격상 취하는 방
면도 이러한 두 방면이 있다는 것을 네게 알려주
고자 함이다.

《신가정》, 1935. 2.

소설

*

지하촌

해는 서산 위에서 이글이글 타고 있다.

칠성이는 오늘도 동냥자루를 비스듬히 어깨에 메고 비틀비틀 이 동리 앞을 지났다. 밑 뚫어진 밀짚모자를 연신 내려 쓰나, 이마는 따갑고 땀방울이 흐르고 먼지가 연기같이 끼어 그의 코밑이 매워 견딜 수 없다.

"이애 또 온다."

"어아."

동리서 놀던 애들은 소리를 지르며 달려온다. 칠성이는 조놈의 자식들을 또 만나는구나 하면서 속히 걸었으나, 벌써 애들은 그의 옷자락을 툭툭 잡아당겼다.

"이애 울어라 울어."

한 놈이 칠성의 앞을 막아서고 그 큰 입을 헤벌

리고 웃는다. 여러 애들은 죽 돌아섰다.

"이애 이애, 네 나이 얼마?"

"거게 뭐 얻어 오니? 보자꾸나."

한 놈이 동냥자루를 툭 잡아채니 애들은 손뼉을 치며 좋아한다. 칠성이는 우뚝 서서 그중 큰 놈을 노려보고 가만히 서 있었다. 앞으로 가려든지 또 욕을 건네면 애들은 더 흥미가 나서 달라붙는 것임을 잘 알기 때문이다.

"바루* 바루 점잖은데."

머리 뽀족 나온 놈이 나무 꼬챙이로 갓 눈 듯한 쇠똥을 찍어들고 대들었다. 여러 놈은 깔깔거리면서 저만큼 쇠똥을 찍어들고 덤볐다. 칠성이도 여기는 참을 수 없어서 막 서두르며 내달아 갔다.

두 팔을 번쩍 들고 부루루 떨면서 머리를 비틀비틀 꼬다가 한 발 지척 내디디곤 했다. 애들은 이 흉내를 내며 따른다. 앞으로 막아서고 뒤로 따르면서 깡충깡충 뛰어 칠성의 얼굴까지 쇠똥칠을 해놓는다. 그는 눈을 부릅뜨고

"이 이놈들."

* '자못'의 방언. 생각보다 매우.

입을 실룩실룩하다가 겨우 내놓는 말이다. 애들은 "이 이놈들" 하고 또한 흉내를 내고는 대굴대굴 굴면서 웃는다. 쇠똥이 그의 입술에 올라가자, 앱 투 하고 침을 뱉으면서 무섭게 눈을 떴다.

"무섭다, 바루 바루."

애들은 참말 무섭게 보았는지 실금실금 꽁무니를 빼기 시작하였다. 칠성이는 팔로 입술을 비비치고 떠들며 돌아가는 애들을 물끄러미 바라보았다. 웬일인지 자신은 세상에서 버림을 받은 듯 그렇게 고적하고 분하였다.

그들이 물러간 후에 신작로는 적적하고 죽 뻗어나가다가, 조밭을 끼고 조금 굽어진 저 앞이 뚜렷했다. 그 위에 수수밭 그림자 서늘하고…… 그는 걸었다. 옷에 묻은 쇠똥을 털었으나 떨어지지 않을 뿐만 아니라 퍼렇게 물이 든다. 그는 어디라 없이 멍하니 바라보다가, 산밑으로 와서 주저앉았다.

긴 풀에 잔바람이 홀홀히 감기고 이따금 들리는 벌레 소리, 어디 샘물이 있는가 싶었다. 그는 보기 싫게 돋은 머리를 벅벅 긁어당기며 무심히 앞을 보았다. 수림 속에 햇발이 길게 드리웠고 짹짹하는 새소리 처량하게 들리었다. 난 왜 병신이 되어 그놈의 새끼들한테까지 놀림을 받나 하고 불쑥 생각하면서 곁의 풀대를 북 뽑았다. 손목은 찌르르 울렸다.

큰년이가 살까! 그는 눈이 멀고도 사는데 난 그보다야 훨씬 낫지. 강아지의 털같이 보드라운 털을 가진 풀열매를 바라보며 이렇게 생각하였다. 큰년이가 천천히 떠오른다. 곱게 감은 눈, 고것참! 그는 진저리를 쳤다. 그리고 곁에 놓인 동냥자루를 보면서, 오늘 얻어 온 것 중에 가장 맛있고 좋은 것으로 큰년에게 보내야 하지 하였다. 어떻게 보낼까. 밤에 바자 위로 넘겨줄까. 큰년이가 나와 바자 곁에 서 있어야 되지. 그럼 누가 나오라고는 해 둬야지. 누구가 그래. 안 되어. 그럼 칠운이 들여서 보내지. 아니 아니, 큰년의 어머니가 알게 되고, 또 우리 어머니 알지. 안 되어. 낮에 김들 매러 간 담에 몰래 바자로 넘겨주지. 그는 가슴이 설레어서 부시시 일어나고 말았다.

가죽을 벗겨낼 듯이 내리쬐던 해도 어느덧 산속으로 숨어버리고, 어디선가 불어오는 바람이 풀잎을 살랑살랑 흔들고 그의 몸에 스며든다. 그는 동냥자루를 매만지다가, 어깨에 메고 지척하고 발길을 내디디었다.

하늘은 망망한 바다와 같이 탁 터지고, 저 멀리 붉은 너울이 유유히 떠돌고 있다. 그는 밀짚모자를 젖혀 쓰고 산밑을 떠났다. 걸음에 따라 쇠똥내가 물씬하고 났다.

그가 산모퉁이를 돌아 동리 앞까지 왔을 때 그의 동생인 칠운이가 아기를 업고 쪼루루 달려온다.

"성 이제 오네. 히, 자꾸자꾸 봐도 안 오더니."

큰 눈에 웃음을 북실북실 띠우고 형의 곁으로 다가서는 칠운이는 시커먼 동냥자루를 덥석 쥐어 무엇을 얻어 온 것을 어서 알려고 하였다.

"오늘도 과자 얻어 왔어?"

"아, 아니."

칠성이는 얼른 동냥자루를 옮기고 주춤 물러섰다. 칠운이는 따라 섰다.

"나 하나만 응야*, 성아."

침을 꿀떡 넘기고 새카만 손을 내민다. 그 바람

* 어떤 행동을 재촉할 때 내는 감탄사.

에 아기까지 두 손을 쪽 펴들고 칠성이를 말끔히*
쳐다본다.

"이, 이 새끼는."

칠성이는 홱 돌아섰다. 칠운이는 넘어질 듯이
쫓아갔다.

"응야 성아, 나 하나만."

"없, 없어!"

형은 눈을 치떴다. 칠운이는 금시로 눈물이 글
썽글썽해서 형을 보았다.

"난 어마이 오면 이르겠네. 씨, 도무지 안 준다
고, 아까 아까 어마이가 밭에 가면서 아기 보라면
서 저 성이 사탕 얻어다 준다구 했는데 씨, 난 안
준다고 다 일러 씨, 흥."

칠운이는 입을 비쭉하더니 주먹으로 눈물을 씻
는다. 아기는 영문도 모르고 으아 하고 울음을 내
쳤다.

주위는 감실감실 어두워오는데 칠운이는 흑흑
느껴 울면서 그들의 어머니가 올라가 있을 저 산
을 바라고 뛰어간다.

* 말끄러미. 눈을 똑바로 뜨고 바라보는 모양.

"어머이, 어머이."

하고 칠운이는 목메어 부르면 번번이 아기도

"엄마, 엄마."

하고 또랑또랑히 불렀다. 응응 하는 앞산의 반응은 어찌 들으면 어머니의 "왜" 하는 대답 같기도 했다. 칠성이는 칠운이와 영애가 보이지 않는 것으로만 다행으로 돌아서 걸었다.

동네는 어둠에 푹 싸여 아무것도 보이지 않으나, 동네 앞으로 우뚝 서 있는 늙은 홰나무만이 별을 따려는 듯 높아 보였다. 그는 이제 어떻게 해서라도 큰년이를 만날 것과 또 얻어 오는 이 과자를 큰년의 손에 꼭 쥐여줄 것을 생각하며 걸었다.

"칠성이냐?"

어머니의 음성이 들린다. 그는 돌아보았다. 나무를 한 임* 이고 이리로 오는 어머니의 얼굴은 보이지 않으나, 웬일인지 그의 머리가 숙여지는 듯해서 번쩍 머리를 들었다.

"왜 오늘 늦었느냐?"

아까 밭에서 산으로 올라갈 때 몇 번이나 아들

* 머리 위에 인 물건.

125

이 나오는가 하여 눈이 가물가물해지도록 읍길을 바라보아도 안 보이므로, 어디가 넘어져 애를 쓰는가? 또 애새끼들한테서 돌팔매질을 당하는가 하여 읍에까지 가볼까 하였던 것이다. 칠성이는 어머니의 이 같은 물음에 애들에게 쇠똥칠당하던 것이 불시에 떠오르고, 코허리가 살살 간지럽기 시작하였다.

어머니는 갈잎내를 확 풍기면서 그의 곁으로 다가선다. 그 큰 임을 이고서 아기까지 둘러업었다.

"어마이, 나 사탕. 성은 안 준다야 씨."

칠운이는 어머니의 치맛귀를 잡고 늘어진다. 그 바람에 어머니는 앞으로 쓰러질 듯했다가 도로 서서 한 손으로 칠운이를 어루만졌다.

"저놈의 새 새끼, 주 죽이고 말라."

칠성이는 발길로 칠운이를 차려 하였다. 어머니는 또 쓰러질 듯 막아섰다.

"그러지 말어라. 원 그것이 해종일 아기 보느라 혼났다. 허리엔 땀띠가 좁쌀알같이 쪽 돋았구나. 여북 아프겠니 원."

어머니는 말끝에 한숨을 푹 쉰다. 칠성이는 문득 쇠똥내를 물큰 맡으면서 화를 버럭 올리었다.

"누 누구는 가만히 앉아 있었나!"

"아니 그렇게 하는 말이 아니어, 칠성아."

어머니는 목이 메어 다시 말을 계속하지 못한다. 그들은 잠잠히 걸었다.

집에 온 그들은 나뭇단 위에 되는대로 주저앉았다. 어머니는 칠성의 마음을 위로하느라고 이 말 저 말 끄집어냈다.

"올해는 웬 살쐐기* 그리 많으냐. 손이 얼벌벌하구나."

어머니는 그 손을 한 번쯤 들여다보고 싶은 것을 참고 아기를 어루만지다가 젖을 꺼냈다. 칠운이는 나뭇단을 통통 차면서 흥흥거린다. 칠성이는 동생들이 미워서 더 앉아 있을 수가 없어 일어났다. 그는 어둠 속을 휘살피고 큰년이가 저 속에 어디 섰지 않는가 했다.

방으로 들어온 칠성이는 이제 툇돌에 움찔린 발가락을 엉덩이로 꼭 눌러 앉고 일변 칠운이가 들어오지 않는가 귀를 기울이며 문을 걸었다. 그리고 동냥자루를 가만히 쏟았다. 흩어지는 성냥과

---

* 쐐기벌레로 인해 여름철에 나는 피부병.

쌀알 흐르는 소리. 솜털이 오싹 일어 그는 몸을 움씩하면서 얼른 손을 내밀어 하나하나 만져보았다. 역시 그 안에 있는 돈 생각이 나서 돈 마저 꺼내가지고 우두커니 들여다보았다. 비록 방 안이 어두워서 그 모든 것이 보이지 않으나 눈곱같이 눈구석에 박혀 있는 듯했다.

성냥갑 따로, 쌀과 과자 부스러기 따로 골라놓고, 문득 큰년이를 생각하였다. 어느 것을 주나, 얼른 과자를 쥐며 이것을 주지, 하고 하나 집어 입에 넣었다. 바작 소리가 이 사이에 돌고 달큼한 물이 사르르 흐른다. 그는 입맛을 다시고 나서 칠운이가 엿듣는가 다시 한번 조심했다.

그는 온 손에 땀이 나도록 쥐고 있는 돈을 펴서 보고 한 푼 한 푼 세어보다가, 이것으로 큰년의 옷감을 끊어다 주면 얼마나 큰년이가 좋아할까, 그의 가슴은 씩씩 뛰었다. 고것 왜 우리 집엘 안 올까, 오면 내가 돈도 주고 이 과자도 주고, 또 또 큰년이가 달라는 것이면 내 다 주지. 응 그래. 이리 생각되자 그는 어쩐지 마음이 송구해졌다. 해서 성냥갑과 과자 부스러기를 한데 싸서 저편 갈자리 밑에 밀어 넣고, 돈은 거기에 넣은 담에 쌀만 아랫

방에 내려놓았다. 그리고 뒷문 곁으로 바싹 다가앉아서 큰년네 바자를 바라다보았다.

바자에 호박 넌출이 엉키었고 그 위에 벌들이 팔팔 날았다. 어떻게 만날까, 그는 무심히 발가락을 쥐고 아픔을 느꼈다. 서늘한 바람이 그의 볼 위에 흘러내렸다. 그는 안타까웠다. 지금 이 발끝이 아픈 것보다도 어딘가 모르게 또 아픈 것을 느낀다.

"이애 밥 먹어."

칠성이는 놀라 돌아보았다. 어머니가 샛문 밖에 서 있다는 것을 알자 웬일인지 가슴 한구석에 공허를 아득하게 느꼈다.

"왜 문은 걸었나."

어머니는 문을 잡아챈다. 괴자를 달라거나 돈을 달라려고 저리도 문을 잡아 흔드는 것 같다. 그는 와락 미운 생각이 치올랐다.

"난, 난 안 먹어!"

꽥 소리쳤다. 전신이 후루루 떨린다.

"장에서 뭐 먹고 왔니?"

어머니의 음성은 가늘어진다. 언제나 칠성이가 화를 낼 땐 어머니는 저리도 기운이 없어진다. 한참 후에

"좀 더 먹으렴."

"시, 싫여."

역시 소리를 질렀다. 그러니 어머니는 뭐라고 웅설웅설하더니 잠잠해버린다. 칠성이는 우두커니 앉았노라니 자꾸만 갈자리 속에 넣어둔 과자가 먹고 싶어 가만히 갈자리를 들썩하였다. 먼지내 싸하게 올라오고 빈대 냄새 역하다. 그는 자리를 도로 놓고 내일 아침에 큰년이 줄 것인데 내가 먹으면 안 되지 하고, 휙 돌아앉고도 부지중에 손은 갈자리를 어루 쓸고 있다. 큰년이 줘야지, 냉큼 손을 떼고 문턱을 꽉 붙들었다.

마침 바람이 산들산들 밀려들어 이마에 흐른 땀을 선뜻하게 한다. 그는 얼른 적삼을 벗어 던지고 그 바람을 안았다. 온몸이 가려운 듯하여 벽에다 몸을 비비치니, 어떤 쾌미가 일어 부지중에 그는 몸을 사정없이 비비치고 나니, 숨이 차고 등가죽이 벗어져 아팠다. 그래서 벽을 붙들고 일어나 나왔다.

몸을 움직이니 아니 아픈 곳이 없다. 손끝에 가시가 박혔는지 따끔거리고 팔뚝이 쓰라리고 아까 다친 발가락이 새삼스러이 더 쏘고, 그는 꾹 참고 걸었다.

울바자 밑에 나란히 서 있는 부초쫑 끝에 별빛인가도 의심나게 흰 꽃이 다문다문 빛나고, 간혹 맡을 수 있는 부초 냄새는 계집이 곁에 와 섰는가 싶게 야릇했다. 그는 바자 곁으로 다가섰다.

큰년네 집에선 모깃불을 피우는지 향긋한 쑥내가 솔솔 넘어오고 이따금 모깃불이 껌벅껌벅하는데, 두런두런하는 소리에 귀를 세우니 바자가 바삭바삭 소리를 내고, 호박잎의 솜털이 그의 볼에 따끔거린다. 문득 그는 바자 저편에 큰년이가 숨어서 나를 엿보지나 안 하나 하자 얼굴이 확확 달았다.

어느 때인가 되어 가만히 둘러보니 옷에 이슬이 촉촉하였고 부초꽃이 물속에 잠긴 차돌처럼 그 빛을 환히 던지고 있다. 모깃불도 보이지 않고 캄캄하며, 어디선가 벌레 소리가 쓰르릉 하고 났다. 그는 방으로 들어서자 가슴이 답답하였다.

이튿날 아침에 눈을 뜨니 벌써 뒤뜰은 햇빛으로 가득하였다. 칠성이는 일어나는 참 어머니와 칠운이가 아직도 집에 있는가 살핀 담에 아무도 없음을 알고, 뒷문 턱에 걸터앉아서 큰년의 바자를 물끄러미 바라보았다. 큰년의 아버지 어머니도 김매러 갔을 테고 고것 혼자 있을 터인데…… 혹 마을

꾼이나 오지 않았는지 오늘은 꼭 만나야 할 터인데, 이러한 생각을 하다가 무심히 그의 팔을 들여다보았다. 다 해진 적삼 소매로 맥없이 늘어진 팔목은 뼈도 살도 없고, 오직 누렇다 못해서 푸른빛이 도는 가죽만이 있을 뿐이다. 갑자기 슬픈 마음이 들어 그는 머리를 들고 한숨을 푹 쉬었다. 큰년이가 눈을 감았기로 잘했지, 만일 두 눈이 동글하게 뜨였다면 이 손을 보고 십 리나 달아날 것도 같다. 그러나 큰년이가 이 손을 만져보고 왜 이리 맥이 없어요, 이 손으로 뭘 하겠소 할 때엔…… 그는 가슴이 답답해서 견딜 수 없다. 그저 한숨만 맥없이 내쉬고 들이쉬다가 문득 약이 없을까? 하였다. 약이 있기는 있을 터인데…… 큰년네 바자 위에 둥글하게 심어 붙인 거미줄에는 수없는 이슬방울이 대룽대룽했다. 저런 것도 약이 될지 모르지, 그는 벌떡 일어 나왔다.

거미줄에서 빛나는 저 이슬방울들이 참으로 약이 되었으면 하면서, 그는 조심히 거미줄을 잡아 당겼다. 팔은 맥을 잃고, 뿐만 아니라 자꾸만 떨리어 거미줄을 잡을 수도 없지만 바자만 흔들리고, 따라서 이슬방울이 후두두 떨어진다. 그는 손으로 떨어져 내려오는 이슬방울을 받으려고 했다. 그러나 한 방울도 그의 손에는 떨어지지 않았다.

"에이, 비 빌어먹을 것!"

그는 이런 경우를 당할 때마다 이렇게 소리치고 말없이 하늘을 노려보는 버릇이 있다. 한참이나 이러하고 있을 때, 자박자박하는 신발 소리에 그는 가만히 머리를 돌리어 바라보았다. 호박잎이 그의 눈썹 끝에 삭삭 비비치자 눈물이 핑그르르 돈다. 눈물 속에 비치는 저 큰년이! 그는 눈가가 가려운 것도 참고 눈을 점점 더 크게 떴다.

빨래 함지를 무겁게 든 큰년이는 이리로 와서 빨래 함지를 쿵 내려놓고 일어난다. 눈은 자는 듯 감았고 또 어찌 보면 감은 듯 뜬 것같이도 보이었나. 이제 빨래를 했음인지 양 볼에 붉은 점이 한 점 두 점 보이고, 턱이 뽀족한 것이 어디 며칠 앓은 사람 같다. 큰년이는 빨래를 한 가지씩 들어 활 펴가지고 더듬더듬 바자에 넌다.

칠성이는 숨이 턱턱 막혀서 견딜 수 없다. 소리 나지 않게 숨을 쉬려니 가슴이 터지는 것 같고 뱃가죽이 다 잡아 씌웠다. 그는 잠깐 머리를 숙여 눈물을 씻어낸 후에 여전히 들여다보았다. 지금 그의 머리엔 아무런 생각도 할 수 없다. 그저 큰년의 동작으로 가득했을 뿐이다. 큰년이는 한 가지 남은 빨래를 마저 가지고 그의 앞으로 다가온다. 그때 칠성이는 손이라도 쑥 내밀어 큰년의 손을 덥석 잡아보고 싶었으나, 몸은 움찔 뒤로 물러나며 온 전신이 풀풀 떨리었다.

바삭바삭 빨래 널리는 소리가 칠성의 귓바퀴에 돌아내릴 때 가슴엔 웬 새 새끼 같은 것이 수없이 팔딱거리고 귀가 우석우석 울고 눈은 캄캄하였다. 큰년의 신발 소리가 멀리 들릴 때, 그는 비로소 몸을 움직일 수 있었고 또 호박잎을 젖히고 들여다보았다. 큰년이는 빈 함지를 들고 부엌문을 향하여 들어가고 있다. 그는 급하여 소리라도 쳐서 큰년이를 멈추고 싶었으나, 역시 마음뿐이었다. 큰년의 해어진 치마폭 사이로 뻘건 다리가 두어 번 보이다가 없어진다. 또 나올까 해서 그 컴컴한 부엌문을 뚫어지도록 보았으나 끝끝내 큰년이는 나오지 않았다. 그는 후 하고 한숨을 내쉬고 물러섰다. 햇볕은 따갑게 내리쬔다. 과자나 들려줄걸…… 돈이나 줄 것을, 아니 돈은 내가 모았다가 치마나 해주지, 하고 다시 들여다보았다. 바자만 바삭바삭 소리를 내고 고요하다. 이제 큰년의 손으로 넌 빨래는 희다 못해서 햇빛같이 빛나고 그는 눈을 떼고 돌아섰다. 자기가 옷가지라도 해주지 않으면 큰년이는 언제나 그 뻘건 다리를 감추지 못할 것 같다.

"성아, 나 사탕 좀……"

돌아보니 칠운이가 아기를 업고 부엌문으로 나온다. 그는 도둑질이나 하다가 들킨 것처럼 무안해서 얼른 바자 곁을 떠났다. 칠운이는 저를 다그쳐 형이 저리도 급히 오는 것으로 알고, 부엌으로 달아나다가 살짝 돌아보고 또 이리 온다.

"응야, 나 하나만……"

손을 내민다.

아기도 머리를 갸웃하여 오빠를 바라보고 손을 내민다. 아기의 조 머리엔 종기가 지질하게 났고, 거기에는 언제나 진물이 마를 사이 없다. 그 위에 가늘고 노란 머리카락이 이기어 달라붙었고 또 파리가 안타깝게 달라붙어 떨어지지 않는다. 아기는 자꾸 그 가는 손가락으로 머리를 쥐어 당기고 종기 딱지를 떼어 오물오물 먹고 있다.

아기는 그 손을 오빠 앞에 쳐들었다. 손가락을

모을 줄 모르고 쫙 펴들고 조른다. 칠성이는 눈을 부릅떠 보이고 방으로 들어왔다. 칠운이는 문 앞에 딱 막아서서 흥흥거렸다.

"응야 성아, 한 알만 주면 안 그래."

시퍼런 코를 훌떡 들이마신다.

"보, 보기 싫다!"

칠운이 역시 옷이 없어 잠방이*만 입었고 그래서 저 등은 햇빛에 타다 못해서 허옇게 까풀이 일고 있으며, 아기는 그나마도 없어서 쫄** 벗겨두었다. 동생들의 이러한 모양을 바라보는 그는 눈에서 불이 확확 일어난다. 눈을 돌리어 벽을 바라보자 문득 읍의 상점에 첩첩이 쌓인 옷감을 생각하였다. 그는 자기도 모르게 손을 번쩍 들어 칠운이를 치렸으나 그 손은 맥을 잃고 늘어진다.

"난 그럼 아기 안 보겠다야, 씨."

칠운이는 아기를 내려놓고 달아난다. 그러니 아기는 악을 쓰고 운다. 칠성이는 눈도 거들떠보지 않고 돌아앉아 파리가 우굴우굴 끓는 곳을 바라

---

* 가랑이가 무릎까지 오는 홑바지.
** '몽땅'을 구어적으로 이르는 말.

보니 밥그릇이 눈에 띄었다. 언제나 어머니는 그가 늦게 일어나므로 저렇게 밥바리*에 보를 덮어 놓고 김매러 가는 것이다. 그는 슬그머니 다가앉아 술을 들고 보를 들치었다. 국에는 파리가 빠져 둥둥 떠다니고 밥바리에 붙었던 수없는 바퀴 떼는 기겁을 해서 달아난다. 그는 파리를 건져내고 밥을 푹 떠서 입에 넣었다. 밥이란 도토리뿐으로 밥알은 어쩌다가 씹히곤 했다. 씹히는 그 밥알이야말로 극히 부드럽고 풀기가 있으며 그 맛이 달큼해서 기침을 할 지경이었다. 그러나 그 맛은 잠깐이고 또 도토리가 미끈 하고 씹혀 밥맛이 쓰디쓴 맛으로 변한다. 그래도 도토리만은 잘 씹지 않고 우물우물해서 얼른 삼키려면 그만큼 더 넘어가지 않고 쓴 물을 뿌리며 혀끝에 넘나들었다.

얼마 후에 바라보니 아기가 언제 울음을 그쳤는지 눈이 보송보송해서 발발 기어 오다가, 오빠를 보고 멀거니 쳐다보다가는 그 눈을 밥그릇에 돌리곤 또 오빠의 눈치를 살핀다. 칠성이는 그 듣기 싫은 울음을 그친 것이 대견해서 얼른 밥알을 골라

* 밥그릇.

내처 주었다. 그러니 아기는 그 조그만 손으로 밥
알을 쥐어 먹다가, 성이 차지 않아서 납작 엎드리
어서 밥알을 쫄쫄 핥아 먹고는 또 말가니 오빠를
본다. 이번에는 도토리 알을 내처 주었다. 아기는
웬일인지 당길성 없게 도토리를 쥐고는 손으로 조
모락조모락 만지기만 하고 먹지는 않는다.

"아, 안 먹게이!"

도토리를 분간해서 아는 아기가 어쩐지 미운 생
각이 왈칵 들어 그는 이렇게 소리쳤다. 그러니 아
기는 입을 비죽비죽하다가 으아 하고 울었다.

"우, 울겠니?"

칠성이는 발길로 아기를 찼다. 아기는 눈을 꼭
감고 방바닥에 쓰러졌다. 그 바람에 아기 머리의
파리는 웅 하고 조금 떴다가 곧 달라붙는다. 칠성
이는 재차 차려고 달려드니 아기는 코만 풀찐풀찐
하면서 울음소리를 뚝 끊었다. 그러나 그 눈엔 눈
물이 샘솟듯 흐른다. 칠성이는 모른 체하고 돌아앉
아 밥만 퍼먹다가 캑 하는 소리에 머리를 돌렸다.

아기는 언제 그 도토리를 먹었던지 캑캑하고 게
워놓는다. 깨느르르한 침에 섞이어 나오는 도토리
쪽은 조금도 씹히지 않은 그대로였고 그 빛이 약

간 붉은 기를 띤 것을 보아 피가 묻어 나오는 것임을 알 수가 있었다. 아기의 얼굴은 빨갛게 상기되고 목에 힘줄이 불쑥 일어났다.

그 찰나에 칠성이는 입에 문 도토리가 모래알 같아 씹을 수 없고, 쓴 내가 콧구멍 깊이 칵 올려받쳐 견딜 수 없었다. 그는 술을 텡긍 내치고 아기를 번쩍 들어 문밖으로 내놓았다. 그리고 뼈만 남은 아기의 볼기를 짝 붙이니 얼굴이 새카매지면서도 여전히 느껴 운다. 이번에는 밥그릇을 냅다 차서 요란스레 굴리고 윗방으로 올라오나 게우는 소리에 몸이 오시러워서* 가만히 있을 수 없었다. 문득 갈자리 속의 과자를 생각하고 그것을 남김없이 꺼내다가 아기 앞에 팽개치고 뒤뜰로 나외비렸나. 그는 빙빙 돌다가 침을 탁 뱉었다.

한참 만에 칠성이는 방으로 들어오니 방 안은 단 가마 속 같았다.

그는 앉았다 섰다 안달을 하다가 머리를 기웃하여 보니 아기는 손을 깔고 봉당에 엎드려 잠들었고, 게워놓은 자리엔 쉬파리가 날개 없는 듯이 벌

---

* ‘안쓰럽고 걱정스럽다’의 방언.

벌 기고 있으며, 아기 머리와 빠끔히 벌린 입에는 잔파리 왕파리가 아글바글 들싼다. 과자! 그는 놀라 둘러보았다. 부스러기도 볼 수 없었다. 아기가 다 먹을 수 없고 필시 칠운이가 들어왔던 것이라 생각될 때 좀 남기고 줄 것을 하는 후회가 일며 칠운이를 보면 실컷 때리고 싶었다. 그는 달려 나오면서 발길로 아기를 차고 나왔다. 손을 거북스레 깔고 모로 누운 꼴이 눈에 꺼리고 또 여윈 팔다리가 보기 싫어서 이러하고 나온 것이다.

아기 울음소리를 들으면서 그는 칠운이를 찾았다. 저편 버드나무 아래에 애들이 모여 떠든다. 옳지 저기 있구나 하고 씩씩거리며 그리로 발길을 떼어놓았다.

몰래몰래 오느라 했건만 칠운이는 벌써 형을 보고서 달아난다. 애들은 수숫대를 시시하고 씹고서서 칠성이를 힐끔힐끔 보다가는 히히 웃었다. 어떤 놈은 칠성의 걸음 흉내를 내기도 한다.

칠운이는 조밭으로 들어갔는지 보이지도 않는다. 그는 잡풀에 얽히어 넘어지니 뒤로 따르던 애들은 허 하고 웃고 떠든다. 칠성이는 겨우 일어나서 애들을 노려보았다. 이놈들도 달려들지나 않으려나 하는 불안이 약간 일어 이렇게 딱 버티어 보인 것이다. 애들은 무서웠던지 슬금슬금 달아난다. 애들 같지 않고 무슨 원숭이 무리가 먹을 것을 구하려 눈이 뒤집혀서 다니는 것 같았다. 이 동리 애들은 모두가 미운 애들만이라고 부지중에 생각되어 한참이나 바라보다가 걸었다. 이마가 따갑고 발가락이 따가운데, 또 애들이 벗겨버린 수숫대 껍질이 발끝에 따끔거린다. 애들은 내를 바라고 달아난다. 그 무리에 칠운이도 섞이었을 것이라고 그는 버드나무 아래로 왔다.

여기는 수숫대 껍질이 더 많고 또 소를 갖다 매는 탓인지 쇠똥이 지저분했다. 버드나무에 기대서서 그는 바라보았다. 저절로 그의 눈이 큰년네 집에 멈추고 또 큰년이를 만나볼 맘으로 가득하다. 지금 혼자 있을 텐데 가볼까, 그러다 누가 있으면…… 무엇이 따끔하기에 보니 왕개미 몇 마리가 다리로 올라온다. 그는 툭툭 털고 다시 보았다.

멀리 큰년네 바자엔 빨래가 희게 널렸는데 방금 날려는 새와 같이 되룩되룩하여* 쉬 하면 푸르릉

* 작은 눈알을 잇따라 굴리는 모양.

날 듯하다. 있기는 누가 있어, 김매러 다 갔을 터인데…… 신발 소리에 그는 돌아보았다. 개똥 어머니가 어떤 여인을 무겁게 업고 숨이 차서 온다. 전 같으면 "요새 성냥 많이 벌었겠구먼, 한 갑 선사하게나" 하고 농담을 건넬 터인데 오늘은 울상을 하고 잠잠히 지나친다. 이마에 비지땀이 흐르고 다리가 비틀비틀 꼬이고 숨이 하늘에 닿고, 그는 머리를 들어보니 등에 업힌 여인인즉 죽은 시체 같았다. 흩어진 머리 주제며 입에 끓는 거품 꼴, 피투성이 된 옷! 눈을 크게 뜨고 머리카락에 휩싸인 여인의 얼굴을 똑바로 보니 큰년의 어머니였다. 그는 놀랐다. 해서 뭐라고 묻고 싶은데 벌써 개똥 어머니는 버드나무를 지나 퍽이나 갔다. 웬일일까, 어디 넘어졌나, 누구와 쌈을 했나 하고 두루 생각하다가 못 견디어 일어나 따랐다. 맘대로 하면 얼른 가서 개똥 어머니에게 어찌 된 곡절을 묻겠는데, 다리가 말을 듣지 않고 점점 더 비틀거리기만 하고 앞으로 가지지는 않는다. 그는 화를 더럭 내고 몸짓만 하다가 팍 꺼꾸러졌다. 한참이나 버둥거리다가 일어나서 천천히 걸었다.

큰년네 굴뚝에는 연기가 흐른다. 옳구나, 큰년

의 어머니가 어찌해서 그 모양이 되었을까, 또다시 이러한 궁금증이 일어난다. 그가 큰년네 마당까지 오니 큰년네 집으로 들어가고 싶어 발길이 자꾸만 돌려진다. 그런 것을 참고 무슨 소리나 들을까 하여 한참이나 왔다 갔다 하다가 집으로 왔다.

봉당에 들어서니 파리가 와그그 끓는데, 그 속에서 아기가 똥을 누고 있다. 깽깽 힘을 쓰니 똥은 안 나오고 밑이 손길같이 빠지고 거기서 빨간 핏방울이 똑똑 떨어진다. 아기는 기를 쓰느라 두 눈을 동그랗게 비켜 뜨니, 얼굴의 힘줄이 칼날같이 일어난다. 그 조그만 이마에 땀이 비 오듯 하고, 그는 못 볼 것이나 본 것처럼 머리를 돌리고 방으로 들어왔다. 마음대로 히면 아기를 칵 밟아 죽여버리든지 어디 멀리로 들어다 버리든지 했으면 오히려 시원할 것 같았다.

칠성이는 발길에 채어 구르는 도토리를 집어 먹으며 아기 기 쓰는 소리에 눈살을 잔뜩 찌푸리고 그만 뒤뜰로 나와버렸다. 아기로 인하여 잠깐 잊었던 큰년 어머니의 생각이 또 나서 그는 바짝 곁으로 다가섰다.

"으아으아."

하는 아기 울음소리에 머리를 돌렸다. 영애의 울음소리가 아니요, 아주 갓난 어린 아기의 울음인 것을 직각하자 큰년의 어머니가 아기를 낳았는가 했다. 그러나 불안하던 마음이 다소 덜리나 아기 하고 입에만 올려도 입에서 신물이 돌 지경이었다. 지금 봉당에서 피똥을 누느라 병든 고양이 꼴 한 그런 아기를 낳을 바엔 차라리 진자리에서 눌러 죽여버리는 것이 훨씬 나을 것 같았다.

큰년이 같은 그런 계집애를 낳았나, 또 눈먼 것을…… 그는 히 하고 웃음이 터졌다. 그 웃음이 입가에서 사라지기도 전에 왜? 이 동네 여인들은 그런 병신만을 낳을까 하니, 어쩐지 이상하였다. 하기야 큰년이가 어디 나면서부터 눈멀었다니, 우선 나도 네 살 때에 홍역을 하고 난 담에 경풍이라는 병에 걸리어 이런 병신이 되었다는데 하자, 어머니가 항상 외우던 말이 생각되었다.

그때 어머니는 앓는 자기를 업고 눈이 길같이 쌓여 길도 찾을 수 없는 데를 눈 속에 푹푹 빠지면서 읍의 병원에를 갔다는 것이다. 의사는 보지도 못한 채 어머니는 난로도 없는 복도에 한겻*이나 서고 있다가, 하도 갑갑해서 진찰실 문을 열었더니 의사는 눈을 거칠게 떠 보이고 어서 나가 있으라는 뜻을 보이므로, 하는 수 없이 복도로 와서 해가 지도록 기다리는데 나중에 심부름하는 애가 나와서 어머니 손가락만 한 병을 주고 어서 가라고 하였다는 것이다.

어머니는 그 말만 하면 흥분이 되어 의사를 욕하고 또 세상을 원망하는 것이다. 그때마다 그는 어머니를 핀잔하고 그 말을 막아버리곤 하였다. 무엇보다도 불쾌하여 견딜 수 없었던 것이다.

약만 먹으면 이제라도 내 병이 나을까, 큰년이 병도…… 아니야, 이미 병신이 된 담에야 약을 쓴다고 나을까, 그래도 알 수가 있나, 어쩌다 좋은 약만 쓰면 나도 남처럼 다리팔을 제대로 놀리고 해서 동냥도 하러 다니지 않고, 내 손으로 김도 매고 또 산에 가서 나무도 쾅쾅 찍어 오고, 애새끼들한테서 놀림도 받지 않고…… 그의 가슴은 우쩍하였다.** 눈을 번쩍 떴다. 병원에나 가서 물어볼까…… 그까짓 놈들이 돈만 알지 뭘 알아. 어머니의

---

* 한나절의 반.
** 기세 좋게 나아가거나 세력 따위가 왕성하게 일어서다.

하던 말 그대로 되풀이하고 맥없이 주저앉았다.

큰년네 집도 조용하고 아기의 울음소리도 그쳤는데 배가 쌀쌀 고팠다. 그는 해를 짐작해보고, 어머니가 이제 들어오면 얼굴에 수심을 띠고 귀밑에 머리카락을 담북 흘리고서, 너 왜 동냥하러 가지 않았니, 내일은 뭘 먹겠니 할 것을 머리에 그리며 무심히 서 있는 댑싸리나무를 바라보았다.

혹시 이 댑싸리나무가 내 병에 약이 되지나 않을까, 그는 댑싸리나무 냄새를 코밑에 서늘히 느끼자 이러한 생각이 불쑥 일어, 댑싸리나무 곁으로 가서 한입 뜯어 물었다. 잘강잘강 씹으니 풀내가 역하게 일며 욱 하고 구역질이 나온다. 그래도 눈을 꾹 감고 숨도 쉬지 않고 대강 씹어서 삼켰다. 목이 찢어지는 듯이 아프고 맑은 침이 자꾸만 흘러내린다. 그는 이 침마저 삼켜야 약이 될 듯해서 눈을 꿈쩍거리면서 그 침을 삼키고 나니, 까닭 없이 두 줄기 눈물이 주루루 흘러내린다.

그는 하늘을 바라보고 제발 이 손을 조금만이라도 놀려서 어머니가 하는 나무를 내가 하도록 합시사 하였다. 평소에 이런 생각을 한 번도 내본 적이 없건만, 어머니가 나무를 무겁게 이고 걸음도 잘 걷지 못하는 것을 보아도 무심했건만, 웬일인지 이 순간엔 이러한 생각이 일었다.

한참이나 꿈쩍 않고 있던 그는 손을 가만히 들어보고 이번에나 하는 마음이 가슴에서 후닥닥거렸다. 하나 손은 여전히 떨리어 옴츠러든다. 갑자기 욱 하고 구역질을 하자 땅에 머리를 쾅! 들이쪼고 훌쩍훌쩍 울었다.

아주 캄캄해서야 어머니는 돌아왔다. 또 산으로 가서 나무를 해 이고 온 것이다.

"어디 아프냐?"

어둠 속에 약간 드러나는 어머니의 윤곽은 피로에 쌓여 넘어질 듯하다. 그리고 짙은 풀내가 치마폭에 흠씬 배어 마늘내같이 강하게 풍겼다.

"이애야, 왜 대답이 없어."

아들의 몸을 어루만지는 장작개비 같은 그 손에도 온기만은 돌았다.

칠성이는 어머니의 손을 뿌리치고 돌아누웠다. 어머니는 물러앉아 아들의 눈치를 살피다가 혼자 하는 말처럼

"어디가 아픈 모양인데, 말을 해야지 잡놈 같으니라구."

이 말을 남기고 일어서 나갔다. 한참 후에 어머니는 푸성귀 국에다 밥을 말아가지고 들어와서 아들을 일으켰다. 칠성이는 언제나처럼 어머니 팔목에서 뚝 하는 소리를 들으면서 일어앉아 떨리는 손으로 술을 붙들었다.

"이애야, 어디 아프냐?"

아까와 달리 어머니 옷가에 그을음내가 풍기고 숨소리에 따라 밥내 구수한데 무겁던 몸이 가벼워진다.

"아, 아니."

마음을 졸이던 끝에 비로소 안심하고 아들이 국 마시는 것을 들여다보았다.

"에그, 큰년네 어머니는 오늘 밭에서 아기를 낳았다느냐. 내놈없이* 가난한 것들에서 새끼가 무어겠니."

아까 버드나무 아래서 본 큰년의 어머니가 떠오르고, 으아으아 울던 아기 울음소리가 들리는 듯, 또 영애의 그 꼴이 선히 나타난다. 그는 눈살을 찌푸렸다.

* '내남없이'의 방언.

"글쎄 새끼가 왜 태여, 진절머리 나지."

한숨 섞어 어머니는 이렇게 탄식하고 빈 그릇을 들고 나가버린다. 칠성이는 방 안이 덥기도 하지만 큰년의 일이 궁금해서 그만 일어나 나왔다.

뜰 한 모퉁이에 쌓여 있는 나뭇단에서 짙은 풀내가 산속인 듯싶게 흘러나오고, 검푸른 하늘의 별들은 아기 눈같이 예쁘다.

왱왱거리는 모기를 쫓으면서 나무 말려 모아놓은 곳에 주저앉았다. 마른 갈잎이 버석버석 소리를 내고 더운 김에 밑이 뜨뜻하였다. 어머니가 저리로부터 온다.

"칠성이냐? 왜 나왔니."

버석 수리를 내고 곁에 앉는나. 밤내와 영애의 똥내가 훅 끼치므로 그는 머리를 돌리었다. 어머니는 젖을 꺼내 아기에게 물리고 한숨을 푹 쉰다. 무슨 말을 하려나 하고 칠성이는 어머니의 눈치를 살피나, 안타깝게 병든 고양이 새끼 같은 영애를 어루만지기만 하고 쉽사리 입을 열지 않았다.

해종일 김매기에 그 몸이 고달팠겠고 더구나 산에 가서 나무를 해 오려기에 그 몸이 지칠 대로 지쳤으련만, 또 아기에게서라도 시달림을 받으니 오늘 날이라도 잠만 들면 깨지 못할 것 같다. 그렇게 피로한 몸을 돌아보지 않는 어머니가 어딘지 모르게 미웠다.

"계집애는 자지도 않아!"

칠성이는 보다 못해서 꽥 소리쳤다. 영애는 젖꼭지를 문 채 울음을 내쳤다. 그 애가 어디 자게 되었니, 몸이 아픈 데다 해종일 굶었고, 또 이리 젖이 안 나니까, 하는 말이 혀끝에서 똑 떨어지려는 것을 꾹 참으니 눈물이 핑그르르 돌았다.

"오오, 널 보고 안 그런다. 어서 머."

겨우 말을 마치자 눈물이 줄줄 흘렀다. 문득 어머니는 이 눈물이 겉으로 흘러서 영애의 타는 목을 축여줬으면 가슴은 이다지도 쓰리지 않으련만 하였다.

한참 후에 어머니는

"글쎄 살지도 못할 것이 왜 태어나서 어미만 죽을 경을 치게 하겠니. 이제 가보니 큰년네 아기는 죽었더구나. 잘되기는 했더라만…… 에그 불쌍하지. 얼마나 밭고랑을 타고 헤매었는지 아기 머리는 그냥 흙투성이더라구나. 그게 살면 또 병신이나 되지 뭘 하겠니. 눈에 귀에 흙이 잔뜩 들었더라니, 아이그 죽기를 잘했지, 잘했지!"

어머니는 흥분이 되어 이렇게 중얼거린다. 칠성이도 가슴이 답답해서 숨을 크게 쉬었다. 그리고 자신도 어려서 죽었더라면 이 모양은 되지 않을 것을 하였다.

"사는 게 뭔지 큰년네 어머니는 내일 또 김매러 가겠다더구나. 하루쯤 쉬어야 할 텐데, 이게 이게 어느 때냐. 그럴 처지가 되어야지, 없는 놈에게 글쎄 자식이 뭐냐. 웬 자식이냐."

영애를 낳아놓고 그다음 날로 보리마당질하던 그 지긋지긋하던 때가 떠오른다. 하늘이 노랗고 핑핑 돌고, 보리 이삭이 작았다 커 보이고, 도리깨를 들 때 내릴 때 아래서는 무엇이 뭉클뭉클 나오다가 나중엔 무엇이 묵직하게 매어달리는 듯해서 좀 만져보았으나, 사이도 없고 또 남들이 볼까 꺼리어 그냥 참고 있다가, 소변보면서 보니 허벅다리에 피가 흔전했고*, 또 주먹같이 살덩이가 축 늘어져 있었다. 겁이 더럭 났지만 누구보고 물어보기도 부끄럽고 해서 그냥 내버려두었더니, 그 살

* 흥건했고. 모자람이 없음을 가리키는 말.

덩이가 오늘까지 늘어져서 들어갈 줄 모르고 또 무슨 물을 줄줄 흘리고 있다.

그것 때문에 여름에는 더 덥고 또 고약스런 악취가 나고, 겨울엔 더하고 항상 몸살이 오는 듯 오삭오삭 추웠다. 먼 길이나 걸으면 그 살덩이가 불이 붙는 듯 쓰라리고 또 염증을 일으켜 퉁퉁 부어서 걸음 걸을 수가 없으며, 나중엔 주위로 수없는 종기가 나서 그것이 곪아터지느라 기막히게 아팠다. 이리 아파도 누구에게 아프다는 말도 할 수 없는 그런 종류의 병이었다.

어머니는 지금도 척척히 늘어져 있는 그 살덩이를 느끼면서 한숨을 푹 쉬었다. 갈잎이 바삭바삭 소리를 낸다. 마침 영애는 젖꼭지를 깍 물었다. "아이그!" 소리까지 내치고도 얼른 칠성이가 이런 줄을 알면 욕할 것이 싫어서 그다음 말은 뚝 그치고 손으로 영애의 머리를 꼭 눌러 아프다는 뜻을 영애에게만 알리었다. 그러고도 너무 눌렀는가 하여 누른 자리를 금시로 어루만져 주었다.

"정말 오늘 그 난시에 글쎄 큰년네 집에는 손님이 와서 방 안에 앉아도 못 보고 갔다누나."

칠성이는 머리를 들었다. 어디서 불려오는 모기

쑥내는 향긋하였다.

"전에부터 말 있는 그 집에서 왔다는데 넌 정 모르기 쉽겠구나. 읍에서 무슨 장사를 한다나, 꽤 돈푼이나 있다더라. 한데 손을 이때까지 못 보았다누나. 해서 첩을 여남은두 넘어 얻었으나 이때까지 못 낳았단다. 에그 그런 집에나 태이지."

어머니는 영애를 잠잠히 내려다본다. 칠성이는 이야기하면서도 아기를 생각하는 어머니가 보기 싫었다. 하나 다음 말을 들으려니 가만히 앉아 있었다.

"그런데 어찌어찌하다가 큰년의 말이 났는데 사내는 펄쩍 뛰더란다. 그래두 안으로 맘이 켕기어서 그리하다고 하더니, 하필 오늘 같은 날, 글쎄 선보러 왔다 갔다니…… 큰년이는 이제 복 좋을라! 언제 봐도 덕성스러워. 그 애가 눈이 멀었다 뿐이지 못하는 게 뭐 있어야지. 허드렛일이나 앉아 하는 일이나 횡 잡았으니 눈 뜬 사람보다 낫다. 이제 그런 집으로 시집가게 되고 달덩이 같은 아들을 낳아놀 게다. 아이그, 좀 잘살아야지……"

"눈먼 것을 얻어다 뭘을 해!"

칠성이는 뜻밖에 이런 말을 퉁명스레 내친다.

그의 가슴은 지금 질투의 불길로 꼭 채웠고, 누구든지 큰년이만 다친다면 사생을 결단하리라 하였다. 이러고 나니 머리에 열이 오르고 다리팔이 떨리었다.

"그 그래, 시 시집가기로 됐나?"

어머니는 아들의 눈치를 살피고 어쩐지 대답하기가 어려웠다. 동시에 저것도 계집이 그리우려니 하니 불쌍한 마음이 들고 또 아들의 장래가 캄캄해 보이었다.

"아직은 되지 않았다더라마는……"

이 말에 그의 마음은 다소 가라앉은 듯하나, 웬일인지 슬픈 생각이 들어 그는 일어났다.

"들어가 자거라, 내일은 일찍이 읍에 가게 해. 어떡하겠니?"

칠성이는 화를 버럭 내고 어머니 곁을 떠나 되는대로 걸었다.

발걸음에 따라 모기 쑥내 없어지고 산뜻한 공기 속에 풀내 가득히 흐른다. 멀리 곡식대 비벼치는 소리 바람결에 은은하고, 산기를 띤 실바람이 그의 몸에 싸물싸물 기고 있다. 잠방이 가랑이 이슬에 젖고, 벌레 소리 발끝에 채어 요리 졸졸졸, 조리

쏼쏼쏼……

그는 우뚝 섰다. 저 앞은 지척을 분간할 수 없는 어둠으로 덮였고, 하늘 아래 저 불타산의 윤곽만이 검은 구름같이 뭉실뭉실 떠 있다. 그 위에 별들이 너도나도 빛나고, 별빛이 눈가에 흐르자 눈물이 핑그르르 돌며 통곡이라도 하고 싶었다. 저 산도 저 하늘도 너무나 그에겐 무심한 것 같다.

"이애야, 들어가자."

어머니의 기운 없는 음성이 들린다.

"왜, 왜 쫓어다녀유."

칠성의 마음에 잠겼던 어떤 원한이 일시에 머리를 들려고 하였다.

"제발 들어가. 이리 나오면 어쩌겠니."

어머니는 그의 손을 붙들었다. 칠성이는 뿌리치렸으나 힘이 부친다. 길풀이 그들의 옷에 비비쳐 실실 소리를 낸다. 어머니는 절반 울면서 사정을 하였다. 그는 어머니 손에 붙들리어 돌아오면서, 오냐 내일 저를 만나보고 시집가는지 안 가는지 물어보고, 또 나한테 시집오겠니도 물어야지 할 때, 가슴은 씩씩 뛰고 어떤 실 같은 희망이 보인다.

"날 보고 네 동생들을 봐라."

어머니는 이러한 말을 하여 아들을 달래려고 한다. 칠성이는 말없이 그의 집까지 왔다.

이튿날 일부러 늦게 일어난 칠성이는 오늘은 기어코 큰년이를 만나 무슨 말이든지 하리라, 만일 시집가기로 되었다면…… 그는 아뜩하였다. 그때는 그만 죽여버릴까, 나는 그 칼에 죽지 하고 뒤뜰로 나와서 바자 곁에 다가섰다. 큰년네 집은 고요하고 뜨물동이에서 왕왕거리는 파리 소리만이 간혹 들릴 뿐이다. 가자! 바자에서 선뜻 물러섰다. 눈에 마주 띄는 저 앞에 큰 차돌은 웬일인지 노랗게 보이었다.

그는 숨이 차서 방으로 들어왔다. 옷을 이 모양을 하구 가, 하고 굽어보았다. 쇠똥 자국이 여기저기 있고, 군데군데 해졌고, 뭘 눈이 멀었는데 이게 보이나, 그럼 만나서는 뭐라구 말을 해야지, 그는 천장을 바라보고 생각하였다. 입가에 흐르는 침을 몇 번이나 시 하고 들이마시나 그저 캄캄한 것뿐이다. 생전 말이라고는 못해본 것처럼 아뜩하였다.

내가 병신임을 저가 아나, 하는 불안이 불쑥 일어 맥이 탁 풀린다. "너까짓 것에게 시집가!" 하는 큰년의 말이 들리는 듯해서 그는 시름없이 밖을 내다보았다.

바자에 얽힌 호박 넌출, 박 넌출, 그 옆으로 옥수숫대, 썩 나와서 살구나무, 작고 큰 댑싸리가 아무 기탄없이 하늘을 바라보고 가지가지를 쭉쭉 쳤으니, 잎잎이 자유스럽게 미풍에 흔들리지 않는가. 웬일인지 자신은 저러한 초목만큼도 자유롭지 못한 것을 전신에 느끼고 한숨을 후 쉬었다.

한참 후에 칠성이는 마음을 단단히 먹고 마당으로 나와서, 큰년네 집 앞으로 몇 번이나 왔다 갔다 하다가 싸리문을 가만히 밀고 껑충 뛰어들었다.

봉당문도 꼭 닫히었고 싸리비만이 한가롭게 놓여 있다. 얼떨결에 봉당문을 삐걱 열었을 때 고양이 한 바리가 야웅 하고 뛰어 나간다. 그는 어찌 놀랐던지 숨이 하늘에 닿을 것처럼 뛰었다. 봉당으로 들어서서 한참이나 망설이다가 방문을 열어보았다. 무거운 공기만이 밀려 나오고 큰년이는 없었다. 시집을 갔나? 하고 얼른 생각하면서, 부엌으로 뒤뜰로 인기척을 찾으려 하였으나 조용하였다. 그는 이러하고 언제까지나 있을 수가 없어서 발길을 돌리려 했을 때 싸리문 소리가 난다. 그는 얼떨결에 기둥 이편으로 와서 그 뒤 멍석 곁에 바싹 다가섰다. 부엌문 소리가 덜거렁 나더니 큰년이가 빨래 함지를 이고 들어온다. 그의 눈은 캄캄해지고 정신이 나른해진다. 큰년이가 그를 알아보고 이리 오는 것만 같고, 그의 눈은 먼 것이 아니요, 언제나 창틈으로 볼 수 있는 별 눈을 빠끔히 뜨고서 쳐다보는 듯했다. 숨이 차서 견딜 수 없으므로 멍석 아래 뒤로 돌아가며 숨을 죽이었으나, 점점 더 숨결이 항항거리고 멍석 눈에 코가 맞닿아서 기절을 할 지경이었다.

큰년이는 뒤뜰로 나간다. 짤짤 끄는 신발 소리를 들으면서 머리를 내밀어 밖을 살피고 발길을 옮기려 했으나 온몸이 비비 꼬이어 한 보를 옮길 수가 없다. 어색하여 그만 집으로 가려고도 했다. 그의 몸은 돌로 된 것 같았으나 마침 빨래 널리는 소리가 바삭바삭 나자 큰년이가 읍으로 시집간다! 하는 생각이 들며, 발길이 허둥하고 떨어진다.

큰년이는 빨래를 바자에 걸치다가 휘끈 돌아보고 주춤한다. 칠성이는 차마 큰년이를 쳐다보지 못하고 우두커니 서 있었다.

"누구요?"

"……"

“누구야요?”

큰녀의 음성은 떨려 나왔다. 칠성이는 무슨 말이든지 해야 할 터인데 입이 꽉 붙고 떨어지지 않는다. 한참 후에 발길을 지척하고 내디디었다.

“난 누구라구……”

큰녀이는 바자 곁으로 다가서고 머리를 다소곳한다. 곱게 감은 그의 눈등은 발랑발랑 떨렸다. 칠성이는 자기를 알아보는 것을 알고 조금 마음이 대담해졌다. 이번엔 밖이 걱정이 되어 연신 눈이 그리로만 간다.

“나가. 야, 어머니 오신다.”

큰녀이는 암팡지게* 말을 했다. 어려서 음성이 그대로 남아 있다.

“너, 너 시집간다지. 조, 좋겄구나!”

“새끼두 별소리 다 하네. 나가 야.”

큰녀이는 빨래를 조물락거리고 서서 숨을 가볍게 쉰다. 해어진 적삼 등에 흰 살이 불룩 솟아 있다. 칠성이는 무의식간에 다가섰다.

“아이구머니!”

* 힘차고 다부지게.

큰년이는 바자를 붙들고 소리쳤다. 칠성이는 와락 겁이 일어 주춤 물러서고 나갈까도 했다. 앞이 캄캄해지고 또 빙글빙글 돌아가는 것 같았다.

"어머니 오신다 야."

칠성이는 잠깐 눈을 감았다가 덜덜 떨리어 나오는 이 소리에 눈을 떴다. 등허리로 흘러내려 온 삼단 같은 머리채는 큰년의 냄새를 물씬물씬 피우고 있다. 칠성이는 얼른 큰년의 발을 짐짓 밟았다. 큰년이는 얼굴이 새빨개서 발을 냉큼 빼어가지고 저리로 간다. 손에 들었던 빨래는 맥없이 툭 떨어진다.

재가 돌을 집어 치려고 저러나 하고 겁을 먹었으나, 큰년이는 바자 곁에 다가서서 바자를 보시락보시락 만지고 있는데 댕기꼬리는 풀풀 날린다. 야물야물하던 말도 쑥 들어가고 애꿎이 바자만 만지고 있다.

"사탕두 주구, 옷 옷감두 주 주께. 시집 안 가지?"

큰년이는 언제까지나 잠잠하고 있다가 조금 머리를 드는 척하더니

"누가…… 사탕…… 히."

속으로 웃는다. 칠성이도 따라 웃고

"응야, 안 안 가지?"

"내가 아니, 아버지가 알지."

이 말엔 말이 막힌다. 그래서 우두커니 섰노라니

"어서 나가 야."

큰년이는 얼굴을 돌린다. 곱게 감은 눈에 속눈썹이 가무레하게* 났는데 그 눈썹 끝에 걱정이 대글대글 맺혀 있다.

"그 그럼, 시집가 가겠니?"

큰년이는 머리를 푹 숙이고, 발끝으로 돌을 굴리고 있다. 칠성이는 슬픈 마음이 들어 울고 싶었다.

"안, 안 안 가지, 응야?"

큰년이는 대답 대신으로 한숨을 푹 쉬고 머리를 들려다가 돌아선다. 그때 어린애 울음소리가 들렸다. 칠성이는 놀라 뛰어나왔다.

집에 오니, 칠운이가 아기를 부엌 바닥에 내려 굴리고 띠로 아기를 꽁꽁 동이려고 한다. 아기는 다리팔을 함부로 놀리고 발악을 하니, 칠운이는 사뭇 죽일 고기 다루듯 아기를 칵칵 쥐어박는다.

"이 계집애 자겠니 안 자겠니. 안 자면 죽이고 말

* 엷게 가무스름하다.

겠다.”

시퍼런 코를 쌍줄로 흘리고서 주먹을 겨누어 보인다. 아기는 바르르 떨면서 눈을 꼭 감고 눈물을 졸졸 흘리고 있다.

“그러구 자라. 이 계집애.”

칠운이는 아기 옆에 엎어지고 한 손으로 그의 허리를 꼬집어 당긴다.

“어마이, 난 여기 자꾸자꾸 아파서 아기 못 보겠다야 씨…… 흥.”

코를 혀끝으로 빨아 올리면서 칠운이는 이렇게 중얼거렸다. 그 눈에 졸음이 가득하더니 그만 씩씩 자버린다.

칠성이는 무심히 이 꼴을 보고 봉당으로 들어섰다.

“엄마!”

자는 줄 알았던 아기가 눈을 동글하게 뜨고 오빠를 바라본다. 칠성이는 머리끝이 쭈뼛하도록 놀랐다. 해서 얼결에 발을 이어 찰 것처럼 하고 눈을 딱 부릅떠 보이니 아기는 그 얇은 입술을 비죽비죽하며 눈을 감는다.

“엄마! 엄마!”

아기는 그 입으로 이렇게 부르고 울었다. 칠성

이는 방으로 들어와서 빙빙 돌다가 뒤뜰로 나와 큰년이가 아직도 그 자리에 서 있으면 하고, 바자를 가만히 뻐개고 들여다보니 큰년이는 보이지 않고 빨래만이 가득히 널려 있었다.

방으로 들어와서 벽에 걸린 동냥자루를 한참이나 바라보면서 큰년의 옷감 끊어다 줄 궁량*을 하고, 그러면 큰년이와 그의 부모들도 나에게로 뜻이 옮겨질지 누가 아나 하고, 동냥자루를 벗겨 메고서 밀짚모를 비스듬히 젖혀 쓴 다음에 방문을 나섰다. 눈결에 보니 아기는 무엇을 먹고 있으므로, 그는 머리를 넘석하여 보았다. 아기는 때 동인 데서 벗어나와 아궁 곁에 오줌을 눈 듯한데 그 오줌을 쪽쪽 핥아 먹고 있다.

"이애! 이 계집애!"

칠성이는 이렇게 버럭 소리 지르고 밖으로 나왔다. 뜨거운 물속에 들어서는 듯 전신이 후끈하였다. 신작로에 올라서며 그는 옷을 바로 하고 모자를 고쳐 쓰고 아주 점잖은 양하였다. 이제부터는 이래야 할 것 같다. 에헴! 하고 큰기침도 하여보고

* 마음속으로 이리저리 따져 하는 생각.

걸음도 천천히 걸으려 했다. 이러면 애들도 달려
들지 못하고 어른들도 놀리지 못할 테지, 할 때 큰
년이가 떠오른다. 슬며시 돌아보니 벌써 그의 마
을은 보이지 않고 수수밭이 탁 막아섰다. 수수밭
곁으로 다가서니 싱싱한 수숫잎내가 훅 끼치고,
등허리가 근질근질하게 땀이 흘러내린다. 두어 번
몸을 움직이고 어디라 없이 바라보았다.

수수밭 머리로 파랗게 보이는 저 불타산은 몇
발걸음 옮기면 올라갈 듯이 그렇게 가까워 보인
다. 그의 집 창문 곁에 비켜서서 맘 놓고 바라볼 수
있는 것은 저 산이요, 또 이런 수수밭 머리에서 숨
어가며 바라볼 수 있는 것은 저 산이다.

그는 한숨을 푹 쉬었다. 언제나 저 산을 바라볼
때엔 흩어졌던 마음이 한데 모이는 듯하고, 또한 깜
박 잊었던 옛날 일이 한두 가지 생각되곤 하였다.

먼 산에 아지랑이 아물아물 기는 어느 봄날, 그
는 자리에서 일어나 창문 곁에 서니, 동무들이 조
그만 지게를 지고 지팡이를 지게에 끼웃이* 꽂아
가지고 열을 지어 산으로 가고 있다. 어찌나 부럽

* 한쪽으로 조금 기울어진 모양.

던지 한숨에 뛰어나와서 우두커니 바라볼 때, 언제나 나도 이 병이 나아서 쟤들처럼 지팡이를 저리 꽂아가지고 나무하러 가보나, 난 어른이 되면 저 산에 가서 이런 굵은 나무를 탕탕 찍어서 한 짐 잔뜩 지고 올 테야.

여기까지 생각한 그는 흠 하고 코웃음 쳤다. 뼈마디마디가 짜릿해오고 가슴이 죄어지는 것 같다. 두어 번 머리를 설레설레 흔들고 터벅터벅 걸었다. 지금 그의 앞엔 큰년이가 있을 따름이다.

이틀 후.

칠성이는 그의 마을로부터 육 리나 떨어져 있는 송화읍 어귀에 우두커니 서 있었다. 읍에 와서 돌아다니나 수입이 잘 되지 않으므로 이렇게 송화읍까지 오게 되었고, 그래서야 겨우 큰년의 옷감을 인조견으로 바꾸어가지고 돌아오는 길이었던 것이다.

이 밤이나 어디서 지낼까 망설이나, 어서 빨리 이 옷감을 큰년의 손에 쥐여주고 싶은 마음, 또는 큰년의 혼사 사건이 궁금하고 불안해서 그는 가기로 결정하고 걸었다.

처다보니 별도 없는 하늘 검정 강아지 같은 어

둠이 눈 속을 아물아물하게 하는데, 웬일인지 마음이 푹 놓이고 어떤 희망으로 그의 눈은 차차로 열렸다. 산과 물은 그의 맘속에 파랗게 솟아 있는 듯 그렇게 분명히 구별할 수 있고, 신작로에 깔린 자갈돌은 심심하면 장난치기 알맞았다.

사람들이 연락부절하고 자동차가 먼지를 피우며 달아나는 그 낮길보다는 오히려 이 밤길이 그에게는 퍽이나 좋게 생각되었다. 그래서 다리 아픈 것도 모르고 걸었다.

가다가 우뚝 서면 산 냄새 그윽하고, 또 가다가 들으면 물소리 돌돌 하는데, 논물내 확 풍기고 간혹 산새 울음 끊었다 이어질 제, 멀리 깜빡여오는 동네의 등불은 포루룽 날아오는 것 같다가도 다시 보면 포루룽 날아간다.

그가 숨을 크게 쉴 때마다 가슴에 품겨 있는 큰년의 옷감은 계집의 살결 같아 조약돌을 밟는 발가락이 짜르르 울리었다. "고것 어떡허나." 그는 무의식간에 입을 쩍 벌리고 무엇을 물어 당길 것처럼 하였다. 지금 큰년이와 마주 섰던 것을 머리에 그려본 것이다. 이제 가서 이 옷감을 들려주면 큰년이는 너무 좋아서 그 가무레한 눈썹 끝에 웃음을 띠울 테지. 가슴은 소리를 내고 뛴다.

차츰 동녘 하늘이 바다와 같이 훤해오는데 난데없는 빗방울이 뚝뚝 떨어진다. 그는 놀라 자꾸 뛰었으나 비는 더 쏟아지고, 멀리서 비 몰아오는 소리가 참새 무리들 건너듯 했다. 그는 어쩔까 잠시 망설이다가 빗발에 묻히어 어림해 보이는 저 동리로 부득이 발길을 옮겼다. 큰년의 옷감이 아니면 이 비를 맞으면서도 가겠으나, 모처럼 끊은 이 옷감이 비에 젖을 것이 안되어 동네로 발길을 옮긴 것이다.

한참 오다가 돌아보니 신작로가 뚜렷이 보이고, 어쩐지 마음이 수선해서 발길이 딱 붙는 것을 겨우 떼어놓았다.

동네까지 오니 비에 젖은 밀짚내 콜콜 올라오고, 변소 옆을 지나는지 거름내가 코밑에 살살 기고 있다. 그는 어떤 집 처마 아래로 들어섰다. 몸이 오솔오솔 춥고 눈이 피로해서 바싹 벽으로 다가서서 웅크리고 앉았다. 그의 마을 앞에 홰나무가 보이고 큰년이가 나타나고…… 눈을 번쩍 떴다.

빗발 속에 날이 밝았는데, 먼 산이 보이고 또 지붕이 옹기종기 나타나고, 낙숫물 소리 요란하고.

그는 용기를 내어 일어나 둘러보았다.

그가 서고 있는 이 집이란 돈푼이나 좋이 있는 집 같았다. 우선 벽이 회벽으로 되었고, 지붕은 시커먼 기와로 되었으며, 널판자로 짠 문의 규모가 크고 또 주먹 같은 못이 툭툭 박힌 것을 보아 짐작할 수 있었다. 그의 얼었던 마음이 다소 풀리는 듯하였다.

흰 돌로 된 문패가 빗소리 속에 적적한데 칠성이는 눈썹 끝이 희어지도록 이 문패를 바라보고 생각을 계속하였다. '오냐, 오늘은 내게 무슨 재수가 들이닿나 보다. 이 집에서 조반이나 톡톡히 얻어먹고 돈이나 쌀이나 큼직이 얻으리라……' 얼른 눈을 꾹 감아보고, '눈도 먼 체할까. 그러면 더 불쌍하게 봐서 쌀이랑 돈을 더 줄지 모르지.' 애써 눈을 감고 한참을 견디려 했으나, 눈등이 간지럽고 속눈썹이 자꾸만 떨리고 흰 문패가 가로세로 나타나고, 못 견디어 눈을 뜨고 말았다.

어떡하나 내 옷이 너무 희지, 단숨에 뛰어나와서 흙물에 주저앉았다가 일어나 섰던 자리로 왔다. 아까보다 더 춥고 입술이 떨린다. 그는 대문 틈에 눈을 대고 안을 엿보려 할 때, 신발 소리가 절벅

절벽 나므로, 날래 몸을 움직이어 비켜섰다. 대문은 요란스런 소리를 내고 열렸다. 언제나처럼 칠성이는 머리를 푹 숙이고 어떤 사람의 시선을 거북스레 느꼈다.

"웬 사람이야?"

굵직한 음성. 머리를 드니 사내는 눈이 길게 찢어졌고, 이 집의 고용인 듯 옷이 캄캄하다.

"한술 얻어먹으러 왔슈."

"오늘은 첫새벽부터야."

사내는 이렇게 지껄이고 나서 돌아서 들어간다. 이 집의 인심은 후하구나, 다른 집 같으면 으레 한두 번은 가라고 할 터인데 하고, 어깨가 으쓱해서 안을 보았다.

올려다보이는 퇴* 위에 높직이 앉은 방은 사랑인 듯했고, 그 옆으로 조그만 대문이 좀 비딱해 보이고, 그리고 안 대청마루가 잠깐 보인다. 사랑채 왼편으로 죽 달려 이 문간에 와서 멈춘 방은 얼른 보아 창고인 듯, 앞으로 밀짚 낟가리들이 태산같이 가리어 있다. 밀짚대에서 빗방울이 다룽다룽 떨어

* 툇간에 놓은 마루.

진다. 약간 누런빛을 띠었다. 뜰이 휘휘하게 넓은데 빗물이 골이 져서 흘러내린다.

저리로 들어가야 밥술이나 얻어먹을 텐데, 그는 빗발 속에 보이는 안대문을 바라보고 서먹서먹한 발길을 옮겼다. 중대문을 들어서자 안부엌으로부터 개 한 마리가 쏜살같이 달려 나온다. 으르릉하고 달려드므로 그는 개를 어를 양으로 주춤 물러서서 혀를 쩍쩍 채었다. 개는 날카로운 이를 내놓고 뛰어오르며 동냥자루를 확 물고 늘어진다. 그는 아찔하여 소리를 지르고 중문 밖으로 뛰어나오자, 사랑에 사람이 있나 살피며 개를 꾸짖어줬으면 했으나 잠잠하였다. 개는 눈을 뒤집고서 앞발을 버티고 뛰어오른다. 칠성이는 동냥자루를 입에 물고 몸을 굽혔다 폈다 하다가도 못 이겨서 비슬비슬 쫓겨 나왔다. 개는 여전히 따라 큰 대문에 와서는 칠성이가 용이히 움직이지 않으므로 으르릉 달려들어 잠방이 가랑이를 물고 늘어진다. 그는 악 소리를 지르고 달아나왔다. 아까 나왔던 사내가 안으로부터 나왔다.

"워리 워리."

개는 들은 체하지 않고 삐죽한 주둥이로 자꾸

짖었다. 저놈의 개를 죽일 수가 없을까 하는 마음
이 부쩍 일어 그는 휘돌아 서서 노려볼 때 사내는
손짓을 하여 개를 부른다. 그러니 개는 슬금슬금
물러나면서도 칠성에게서 눈을 떼지 않았다.

갑자기 속이 메슥거리고 등허리가 오싹하더니
온몸에 열이 화끈 오른다. 개를 찾았으나 보이지
않고, 큰 대문만이 보기 싫게 버티고 있었다. 또 가
볼까 하는 마음이 다소 머리를 드나, 그 개를 만날
것을 생각하니 진저리가 났다. 해서 단념하고 시
죽시죽 걸었다.

비는 바람에 섞이어 모질게 갈겨 치고, 나무 흔
들리는 소리 도랑물 흐르는 소리에 귀가 뻥뻥할
지경이다. 붉은 물이 이리 몰리고 저리 몰리는 그
위엔 밀짚이 허옇게 떠 있고, 파랑새 같은 나뭇잎
이 뱅글뱅글 떠돌아 간다.

비에 젖은 옷은 사정없이 몸에 착 달라붙고 지
동 치듯 부는 바람결에 숨이 흑흑 막혔다. 어쩔까
하고 둘러보았으나 집집이 문을 꼭 잠그고 아침
연기만 풀풀 피우고 있다. 혹 빈집이나 방앗간 같
은 게 없나 했으나 눈에 뜨이지 않고, 무거운 눈엔
그 개가 자꾸만 얼른거리고 또 뒤에 다우쳐*오는

것 같다. 개에게 찢긴 잠방이 가랑이 걸음에 따라 너덜너덜하여 그의 누런 다릿마디가 환히 들여다보이고, 푹 눌러쓴 밀짚모자에선 방울져 떨어지는 빗방울이 눈물같이 건건한 것을 입술에 느꼈다. 문득 그는 큰년의 옷감이 젖는구나 생각되자 소리를 내어 칵 울고 싶었다.

그는 우뚝 섰다. 들은 자욱하여 어디가 산인지 물인지 길인지 분간할 수 없고, 곡식대들이 미친 듯이 날뛰는 그 속으로 무슨 큰 짐승이 윙윙 우는 듯한 그런 크고도 굵은 소리가 대지를 울린다.

지금 그는 빗발에 확확 일어나는 어떤 반항을 전신에 느끼면서, 마음만은 앞으로 앞으로 가고 싶은데 발길이 딱 붙고 떨어지지 않는다. 바라보니 동네도 거반 지나온 셈이요, 앞으로 조그만 집이 두셋이 남아 있다. 그리로 발길을 돌렸으나 들에 미련이 남아 있는 듯 자주자주 멍하니 들을 바라보았다.

그가 개에게 쫓긴 것이 이번뿐이 아니요, 때로는 같은 사람한테도 학대와 모욕을 얼마든지 당하

---

* '다그치다'의 북한어.

였건만, 오늘 일은 웬일인지 견딜 수 없는 분을 일으키게 된다.

"이 친구 왜 그러구 섰수."

그는 놀라 보니 자기는 어느덧 조그만 집 앞에 섰고, 그 조그만 집은 연자간*이라는 것을 알았다. 머리를 넘석하여 내다보는 사내는 얼른 보아 사오십 되었겠고, 자기와 같은 불구자인 거지라는 것을 즉석에서 알았다. 사내는 쭝긋이 웃는다. 그는 이리 찾아오고도 저 사내를 보니 들어가고 싶지 않아 머뭇거리다가도 하는 수 없이 들어갔다. 쌀겨내 가득히 흐르는 그 속에 말똥내도 훅훅 풍겼다.

"이리 오우, 저 옷이 젖어서 원……"

사내는 나무다리를 짚고 일어나서 깔고 앉았던 거적자리를 다시 펴고 자리를 내놓고 비켜 앉는다. 칠성이는 얼른 히뜩히뜩 센 머리털과 수염을 보고 늙은것이 내 동냥해 온 것을 뺏으려나 하는 겁이 나고 싫어진다.

"그 옷 땜에 칩겠수. 우선 내 헌 옷을 입고 벗어서 말리우."

* 곡식을 찧는 연자매를 차려놓은 방앗간.

사내는 그의 보따리를 뒤적뒤적하더니

"자 입소. 이리 오우."

칠성이는 돌아보았다. 시커먼 양복인데 군데군데 기운 것이다. 그 순간 어디서 좋은 옷 얻었는데, 나도 저런 게나 얻었으면, 하면서 이상한 감정에 싸여 사내의 웃는 눈을 정면으로 보았을 때 동냥자루나 뺏을 사람 같지 않았다. 그는 머리를 숙이고 소매에서 떨어지는 물방울을 보았다. 사나이는 나무다리를 짚고 이리로 온다.

"왜 이러구 섰수. 자 입으시우."

"아, 아니유."

칠성이는 성큼 물러서서 양복저고리를 보았다. 나서 생전 입어보지 못한 그 옷 앞에 어쩐지 가슴까지 두근거린다.

"허! 그 친구 고집 대단한데, 그럼 이리 와 앉기나 해유."

사내는 그의 손을 끌고 거적자리로 와서 앉힌다. 눈결에 사내의 뭉퉁한 다리를 보고 못 본 것처럼 하였다.

"아침 자셨수?"

칠성이는 이자가 내 동냥자루에 아침 얻어 온

줄을 알고 이러는가 하며, 힐금 동냥자루를 보았다. 거기에서도 물이 떨어지고 있다.

“아니유.”

사내는 잠잠하였다가

“안되었구려. 뭘 좀 먹어야 할 터인데……”

사내는 또 무슨 생각을 하듯 하더니 그의 보따리를 뒤진다.

“자, 이것 적지만 자시유.”

신문지에 싼 것을 내들어 펴 보인다. 그 종이엔 노란 조밥이 고실고실 말라가고 있다.

밥을 보니 구미가 버쩍 당기어 부지중에 손을 내밀었으나 손이 말을 안 듣고 떨리어서 흠칫하였다. 사내는 이 눈치를 채있음인시 종이를 그의 입 가까이 갖다 대고

“적어 안되었수.”

부끄럼이 눈썹 끝에 일어 칠성이는 눈을 내려뜨고 애꿎이 코를 들이마시며 종이를 무릎에 놓고 입을 대고 핥아 먹었다. 신문지내가 이 사이에 나들고 약간 쉰 듯한 밥알이 씹을수록 고소하였다. 입맛을 다실 때마다 좀 더 있으면 하는 아수한* 마음이 혀끝에 날름거리고 사내 편을 향한 귓바퀴

가 어쩐지 가려운 듯 따가움을 느꼈다.

"적어서 원……"

사내의 이러한 말을 들으며 신문지에서 입을 떼고 히 하고 웃어 보이었다. 사내도 따라 웃고 무심히 칠성의 다리를 보았다.

"어디 다쳤나 보! 피가 나우."

허리를 굽히어 들여다본다. 칠성은 얼른 아픔을 느끼고 들여다보니 잠방이 가랑이에 피가 빨갛게 묻었고, 다리엔 방금 선혈이 흐르고 있다. 별안간 속이 무쭉해서** 그는 다리를 움츠리고 머리를 들었다. 바람결에 개 비린내 같은 것이 훔씬 끼친다.

"개, 개한테 그리되었지우."

"아, 그 기와집에 가셨수…… 그놈네 개를 길러도 흉악한 개를 기르거든. 흥! 돈 있는 놈이라도 모두 한 놈이 아니우. 어디 이리 내놓우. 개에게 물린 것이 심상히 여길 것이 못 되우."

사내는 그의 다리를 잡아당기었다. 그는 얼른 다리를 치우면서도 형용할 수 없는 울분이 젖은

* 아깝고 서운하다.
** '묵직하다'의 방언.

옷에까지 오싹오싹 기어오르고 코안이 싸해서 몇 번 코를 움직일 때, 뜻하지 않은 눈물이 주루루 흘러내린다. 사나이는 이 눈치를 채고 허허 웃으면서 그의 등을 가볍게 두드렸다.

"이 친구 우오. 울기로 하자면…… 허허 울어선 못쓰오. 난 공장에서 생생하던 이 자리가 기계에 물려 이리되었소마는, 지금 세상이 어떤 줄 아시우."

칠성이는 머리를 번쩍 들어 사내를 바라보니 눈에 분노의 빛이 은은하였다. 다시 다리로 시선이 옮겨질 때 가슴이 턱 막히고 목에 무엇이 가로걸리는 것 같아, 시름없이 머리를 숙이고 무심히 부드러운 민지를 쥐어 상처에 빌렸다.

"아이고! 먼지를 바르면 되우?"

사내는 칠성의 손을 꽉 붙들었다. 칠성이는 어린애같이 히 웃고 나서

"이러면 나아유."

"아 원, 그런 일 다시는 하지 마우. 약이 없으면 말지, 그런 일 하면 되우? 더 성해서 앓게 되우."

칠성이는 약간 무안해서 다리를 움츠리고 밖을 바라보았다. 사내는 또다시 무슨 생각에 깊이 잠

기는 것 같다.

바람이 비를 안고 싸싸 밀려들고, 천장에 수없는 거미줄은 끊어져 연기같이 나부꼈다. 바라뵈는 버드나무의 잎은 팔팔 떨고 아래로 시뻘건 물이 쫠쫠 소리를 내고 흐른다. 어깨 위가 어찔해서 돌아보면 큰 매통이 쌀겨를 뽀얗게 쓰고서 얼음 같은 서늘한 기를 품품 피우고 있다.

"배 안의 병신이우?"

사내는 문득 이렇게 물었다. 칠성이는 머리를 숙이고 머뭇머뭇하다가

"아, 아니유."

"그럼, 앓다가 그리되었구려…… 약 써봤수?"

칠성이는 또다시 말하기가 힘든 듯이 우물쭈물하고 다리만 보았다. 한참 후에

"아 아니유, 못 못 썼어유."

"흥! 생다리도 꺾이우는 지경인데 약 못 쓰는 것쯤이야. 허허……"

사내는 허공을 향하여 웃는다. 그 웃음소리에 소름이 오싹 끼쳐 힐금 사내를 보았다. 눈을 무섭게 뜨고 밖을 내다보는데, 이마엔 퍼런 힘줄이 불쑥 일었고 입은 꼭 다물고 있다.

"허, 치가 떨려서. 내 왜 그리 어리석었던지. 지금만 같으면, 지금이라면 죽더라도 해볼걸. 왜 그 꼴이었어! 흥!"

칠성이는 귀를 밝혀 이 말을 새겨들으려 했으나 무엇을 의미한 말인지 알 수가 없었다. 사내는 칠성이를 돌아보았다. 눈 아래 두어 줄의 주름살이 돌아가신 그의 아버지와 흡사했다.

"이 친구, 나도 한 가정을 가졌던 놈이우. 공장에선 모범공인이었구. 허허 모범공인!…… 다리가 꺾인 후에 돈 한 푼 못 가지고 공장에서 나오니 계집은 달아나고, 어린것들은 배고파 울고, 부모는 근심에 지레 돌아가시구…… 허 말해서 뭘 하우. 우리를 이렇게 못살게 하는 놈이 저 하늘인 줄 아우? 이 땅인 줄 아우?"

사내는 칠성이를 딱 쏘아본다. 어쩐지 칠성의 가슴은 까닭 없이 두근거려 차마 사내를 정면으로 보지 못하고 꺾인 다리를 보았다. 그리고 사내의 다리 밑에 황소같이 말 없는 땅을 보았다.

"아니우, 결코 아니우. 비록 우리가 이 꼴이 되어 전전걸식은 하지만서두. 왜 우리가 이 꼴이 되었는지나 알아야 하지 않소…… 내 다리를 꺾게 한 놈두, 친구를 저런 병신으로 되게 한 놈두, 다 누구 겠소? 알아들었수? 이 친구."

사나이의 이 같은 말은 칠성의 뼈끝마다 짤짤 저리게 하였고, 애꿎은 하늘과 땅만 저주하던 캄 캄한 속에 어떤 번쩍하는 불빛을 던져주는 것 같 으면서도 다시 생각하면 아찔해지고 팽팽 돌아간 다. 무엇인가 묻고 싶어 머리를 번쩍 들었으나 입 이 꽉 붙고 만다. 그는 시름없이 저 하늘을 물끄러 미 보았다.

어느덧 밖은 안개비로 자욱하였고, 먼 산이 눈 물을 머금고 구불구불 솟아 있으며, 빗소리에 잠 겼던 개구리 소리가 그의 동네 앞인가도 싶게 했 고, 또한 큰년의 뒷매가 홰나무 아래 얼른거려 보 인다. 칠성이는 부시시 일어났다.

"난, 난 집에 가겠수."

사내도 따라 일어난다.

"아, 집이 있수? ……가보우."

칠성이는 머리를 드니 사내가 곁에 와서 밀짚모 자를 잘 씌워주고 빙긋이 웃는다. 어머니를 대한 것처럼 어딘가 모르게 의지하고 싶은 생각과 믿는 마음이 들었다.

"잘 가우…… 세월 좋으면 또 만나지……"

대답 대신으로 그는 마주 웃어 보이고 걸었다. 한참이나 오다가 돌아보니 사내는 우두커니 서 있다. 주먹으로 눈을 닦고 보고 또 보았다.

길 좌우에 늘어앉은 조밭 수수밭은 이랑마다 물이 충충했고, 조 이삭 수수 이삭이 절반 넘어져 물에 잠겨 있다. 올해도 흉년이구나 할 때 어디서 "맹" 하니 또 어디서 "꽁" 하는 소리가 들렸다. 저 멀리 귀 시끄럽게 우짖는 개구리 소리는 무심한데, 이제 그 어딘가 곁에서 "맹꽁" 한 그 소리는 사람의 음성같이 무게가 있었다.

안개비 나실나실 내려온다. 조금 말라오려던 옷이 또 촉촉이 젖고, 눈썹 끝에 안개비 잉키어 마음까지 무중하고 알 수 없는 의문이 뒤범벅이 되어 돌아간다.

그가 그의 마을까지 왔을 때는 다시 빗발이 굵어지고 바람이 슬슬 불기 시작하였다. 언제나 시원해 보이는 홰나무도 찡그린 하늘 아래 우울해 있고, 동네 뒤로 나지막이 둘려 있는 산도 빗발에 묻히어 잘 보이지 않았다. 그러나 큰년이가 물동이를 이고 이 비를 맞으면서도 저 산아래 박우물로 달려가지나 않나 하는 생각이, 집집의 울바자며 채마밭의 긴 바자가 차츰 선명히 보일 때 선뜻들어 그의 발길은 허둥거렸다.

집에까지 오니 어머니는 눈물이 그득해서 나왔다.

"이놈아, 어미 기다릴 것도 생각지 않고 어딜 그리 다니느냐."

어머니는 동냥자루를 받아 쥐고 쿨쩍쿨쩍 울었다. 칠성이는 잠잠히 방으로 들어오니 빗물 받는 그릇으로 절반 차지했고 뚝뚝 듣는 빗소리가 장단맞춰 났다. 칠성이는 그만 우두커니 서서 어쩔 줄을 몰랐다. 몸은 아까보다 더 춥고 떨리어서 견딜수 없다.

칠운이와 아기는 아랫목에 누워 있고 아기 머리엔 무슨 헝겊으로 허옇게 싸매 있었다. 그들의 그작은 몸에도 빗방울이 간혹 떨어진다.

"아무 데나 앉으렴. 어쩌겠니…… 에그, 난 어젯밤 널 찾아 읍에 가서 밤새 싸다니다 왔다. 오죽해야 술집 문까지 두드렸겠니. 이놈아, 어딜 가면 간다고 하지 그게 뭐이."

이번에는 소리까지 내어 운다.

남편을 잃은 뒤 그나마 저 병신 아들을 하늘같

이 중히 의지해 살아 가는 어머니의 마음을 엿볼 수가 있다. 칠운이는 울음소리에 벌떡 일어났다.

"성 왔네! 성 왔네!"

눈을 잔뜩 움켜쥐고 뛰었다. 그 통에 파리는 우구구 끓고 아기까지 키성키성 보챈다. 칠운이는 두 손으로 눈을 비비치고 형을 보려다가는 못 보고 또 비비친다.

"이 새끼야, 고만두라구. 그러니 더 아프지. 에그 너 없는 새 저것들이 자꾸만 앓다가 죽겄다. 거게다 눈까지 더치니, 그런데 이 동리는 웬일이냐. 지금 눈병 때문에 큰일이구나. 아이 어른이 모두 눈병에 걸려 눈을 못 뜬다."

칠성이는 지금 아무 말두 귀에 거치지 않고 비새지 않는 곳에 누워 한잠 푹 들고 싶었다. 칠운이는 마침내 응응 울다가 무슨 생각을 하고 뒷문 밖으로 나가더니, 오줌을 내뻗치며 그 오줌을 눈에 바른다.

"잘 발라라. 눈등에만 바르지 말고 눈 속에까지 발러…… 저것도 보고 반가와서 저리도 눈을 뜨려는구. 어제는 성아 성아 찾더구나."

어머니는 또 운다. 칠성이는 등에 선뜻 떨어지

는 빗방울을 피하여 앉으니 이번에는 콧등에 떨어져 입술에 흐른다. 그는 콧등을 후려치고 화를 버럭 내었다.

"제, 제길!"

"글쎄 비는 왜 오겠니. 바람이나 불지 말아야 할 터인데, 저 바람! 기껏 키운 조는 다 쓰러져 싹이 나겠구나. 아이구 이 노릇을 어찌해야 좋으냐. 하느님 맙시사!"

두 손을 곤추들고 애걸한다. 그의 머리는 비에 젖어 이기어 붙었고, 눈은 눈곱에 탁 엉키었고, 그 속으로 핏줄이 뻘겋게 일어 눈이 시커메서 바라볼 수 없는데, 시커먼 옷에 천장 물이 어룽어룽 젖었다.

칠성이는 얼른 샛문 턱에 걸터앉아 눈을 딱 감아버렸다. 눈이 자꾸만 피곤하고 그래선지 속눈썹이 가시 같아 눈 속을 꼭꼭 찌른다.

그는 눈을 두어 번 굴렸을 때 문득 방앗간이 떠오른다.

"어제 개똥네 논에 동*이 터졌는데 전부 쓸려나갔다누나. 에구 무서워. 저게 무슨 바람이냐. 저 바

* 동둑. 크게 쌓은 둑.

람! 우리 밭은 어쩌나.”

어머니는 밖으로 뛰어나간다. 칠운이는 울면서 따르다가 문턱에 걸려 공중 나가넘어지고 시재 가르려는 소리를 하였다. 칠성이는 눈을 부릅떴다.

“저 저놈의 새끼, 주 죽이고 말까 부다.”

어머니는 얼른 칠운이를 업고 물러나서 정신없이 밖을 바라보고 또 나갔다가 들어왔다. 칠운이를 때리다가 중얼중얼하며 돌아간다.

칠성이는 이 꼴이 보기 싫어 모로 앉아 눈을 감았다. 무엇에 놀라 눈을 뜨니, 아랫목에 누워 할락할락하는 아기가 일어나려다 쓰러지고 소리 없는 울음을 입으로 운다. 머리를 갈자리에 비비치다가도 시원치 않은지 손이 올라가서 힝겊을 쥐고 박박 할퀴는 소리란 징그러워 들을 수 없었다.

칠성이는 눈을 안 뜨자 하다가도 어느새 문득 뜨게 되고 아기의 저 노란 손가락이 머리를 쥐어뜯는 것을 보게 된다. 조놈의 계집애는 죽었으면! 하면서 눈을 감는다.

바람은 점점 더 세차게 분다. 살구나무 꺾이는 소리가 뚝뚝 나고, 집 기둥이 쏠리는지 씩꺽 쿵! 하는 소리가 샛문에 울렸다. 칠운이는 방으로 들어

와서 눕는다.

"성아, 내일은 눈약두 얻어 오렴. 개똥이는 저 아버지가 읍에 가서 눈약 사 왔다는데, 그 약을 넣으니까, 눈이 낫다더라 응야."

칠성이는 잠잠히 들으며 얼른 가슴에 품겨 있는 큰년의 옷감을 생각하였다. 차라리 눈약이나 사 올 것을 하는 마음이 잠깐 들었으나 사라지고, 어떻게 큰년에게 이 옷감을 들려줄까 하였다.

부엌에서 성냥 긋는 소리가 들리더니 어머니가 들어온다.

"아궁에 물이 가뜩하니 이를 어쩌냐. 저것들도 아무것도 못 먹었는데…… 너두 배고프겠구나."

이런 말을 하고 밖으로 나가더니 곧 뛰어 들어온다.

"큰년네 논두 동이 터졌단다. 그리 튼튼하던 동두, 저를 어쩌니."

칠성이는 눈을 둥그렇게 떴다.

"좀 자려무나 요 계집애야, 왜 자꾸만 머리를 뜯니. 조놈의 계집애는 며칠째 안 자고 새웠단다. 개똥 어머니가 쥐가죽이 약이라기 쥐를 잡아 저리 붙였는데 자꾸만 떼려구 저러니, 아마 나으려구 가려운 모양인지.”

그렇다고 해줘야 어머니는 맘이 놓일 모양이다. 큰년네 말에 칠성이는 눈을 떴는데 딴 푸념을 하니 듣기 싫었다. 하나 꾹 참고

“그, 그래. 큰년네두 논이 떴대?”

“그래! 젖이 안 나니……”

어머니는 연신 아기를 보고 그의 젖을 주물러본다. 명주 고름끈같이 말큰거린다.

아기는 점점 더 할닥할닥 숨이 차오고 이젠 손을 놀릴 기운도 없는지 손이 귀밑으로 올라가고는 맥을 잃고 다르르 굴러떨어진다. 어머니는 바람 소리를 듣더니

“이전 우리 조는 못쓰게 뇌었겠다! 큰년네 논이 뜨는데 견디겠니…… 참 큰년이는 복 좋아, 글쎄 이런 꼴 안 보렴인지 어제 시집갔단다.”

“큰년이가?”

칠성이는 버럭 소리쳤다. 그의 가슴에 고이 안겨 있던 큰년의 옷감은 돌같이 딱 맞질린다. 어머니는 아들의 태도에 놀라 바라보았다.

“어마이, 저것 봐!”

칠운이는 뛰어 일어나서 응응 운다. 그들은 놀

라 일시에 바라보았다.

아기는 언제 그 헝겊을 찢었는지 반쯤 헝겊이 찢어졌고, 그리로부터 쌀알 같은 구더기가 설렁설렁 내달아오고 있다.

"아이구머니. 이게 웬일이야 응, 이게 웬일이어!"

어머니는 와락 기어가서 헝겊을 잡아 걷으니 쥐가죽이 딸려 일어나고 피를 문 구더기가 아글바글 떨어진다.

"아가 아가 눈 떠, 눈 떠라 아가!"

이 같은 어머니의 비명을 들으며 칠성이는 "엑!" 소리를 지르고 우둥퉁퉁 밖으로 나와버렸다.

비는 좍좍 쏟아지고 바람은 미친 듯 몰아치는데, 가다가 우르릉 쾅쾅 하고 하늘이 울고 번갯불이 제멋대로 쭉쭉 찢겨나가고 있다.

칠성이는 묵묵히 저 하늘을 노려보고 있었다.

『여류단편걸작집』, 1939.*

---

* 이 작품은 처음 《조선일보》에서 1936년 3월 12일부터 4월 3일까지 연재되었다.

한유주

쓴다. 지운다. 쓰고 지운다. 때로는 쓴 것보다 지운 것이 더 많다. 한유주에게 글쓰기는 '쓰고 지우기의 반복'이다. 어쩌면 영감이란 것은 영영 찾아오지 않을지도 모르지만. 필요하다고 판단하는 순간 찬찬히 발을 내디뎌 자기 영역을 확장하는 고양이처럼. 작가에 따르면, 고양이의 위대한 점은 실험과 실천을 동시에 수행한다는 것이다. 글쓰기도 이와 다르지 않다. 그는 쓰면서 '실험'하고 지우면서 '실천'한다.

한유주는 2003년 대학교 재학 중 《문학과사회》 신인문학상을 수상하며 등단했다. 이후 전통적 서사를 벗어난 실험적 글쓰기로 언어의 가능성을 탐색하는 작가로 자리매김했다. 등단작 「달로」는 말로 표현할 수 없는 것을 표현하려 애쓰면서 야만과 폭력, 현대 문명의 문제를 담았다. 주체도, 시점도, 사건도 무화無化된 『얼음의 책』에서는 문장의 음악적·시적 리듬을 그렸으며 『나의 왼손은 왕, 오른손은 왕의 필경사』는 문학의 본질을 집요하게 파고들었다. "낭비"하고 "탕진"한 언어들로 직조한 연대의 기록이자 이야

기인 『연대기』에서는 존재했다가 사라진 무언가의 이름을 찾아나
갔다.

그에게는 '무엇'을 쓰느냐가 아니라 '어떻게' 쓰느냐가 더욱 중요
하다. '소설이란 무엇인가'라는 질문에 "소설은 형식"이라고 답했
던 그는, 모두가 글 속에서 사건에 대한 목소리를 직접적으로 내지
않아도 되지 않을까 생각했다고. 그러나 인간은 자신이 속한 시대
나 사회에서 벗어날 수 없다는 걸 안다. 그러므로 직접적으로 말하
지 않는 글쓰기 방식과 형식 자체도 내가 살아가고 있는 현실의 반
영이자 일종의 증거 같은 게 될 수 있을 것이다.

때로 세계의 본질은 "애매함"에 있는 게 아닐까 생각한다. 한유주
가 문학을 선택한 이유이기도 하다. 그럼에도 문학은 아지 도태하
지 않은 시간을 "선첨"할 수 있고 "예견"할 수 있다고 믿는다. 그
는 정합성과 합리성에 의해 설명되지 않는 사물들과 대상들을 언
어의 해체와 결합, 분절과 연쇄의 방식을 통해 부단히 살펴본다.
그 바탕에는 명확히 규정되지 않는 것들, 쉽게 설명할 수 없는 감
정과 감각을 끝까지 붙들고 쓰겠다는 각오가 담겼다.
소설의 가능성을 계속 확장해나가는 '실험'과 '실천'. 그만의 점묘
화로 일구어나가는 문학의 지도 위에 또 하나의 점이 찍히고 있다.

소설

*

바라건대

오후 6시 57분, 예인이 가장 좋아하는 시각, 라디오에서 57분 교통정보가 흘러나오며 강변북로 양방향, 올림픽대로 한남대교에서 성산대교까지 통과하기 어렵다는 정보를 전한다. 반포대교를 지나 올림픽대로로 진입한 예인의 조그맣고 너저분한 자동차 앞을 화물트럭들이 가로막고 있다. 금요일 저녁이다. 7시가 가까워질수록 한 시간 전보다 통행량이 적어지기는 하지만 그래도 피크 시간대의 자동차 전용도로들은 무자비하게, 그러나 허용된 하중을 넘어서지는 않을 정도로 짓눌러대는 무게에 시달리며 신음을 내뱉는다. 가끔 신경질적인 경적이 울리고, 해가 지고 있다. 그리고 6시 59분, 놀랍게도 가로등들이 일제히 켜진다. 그제야 예인은 지금까지 이 거대하고 낡은 도로가 어둠에 잠겨 있었다는 사실을 새삼 깨닫는다. 지난주에는 6시 52분에 점등했다. 소박하게 계산해보자면 다음 주에는 7시 6분에 점등할 것이다. 이런 걸 헤아리고 있노라면 이 세상을 살아갈 만하다는 생각이 든다. 통제할 수 있다는 감각. 어둠이 내리더라도 가로등들이 길을 밝혀주리라는 믿음. 방향지시등도 켜지 않고 끼어든 검정색 포르쉐 파나메라가 갑자기 정지하지는 않을 거라는 예상. 갑자기 정지하더라도 이 차가 그 차를 들이받지는 않으리라는 확신. 제한속도 80킬로미터인 도로 위에 갑자기 누군가가 슬리퍼를 신고 뛰어들지는 않으리라는 신뢰. 예인은 간혹 이런 것들이 사라질 가능성을 생각해왔다. 2킬로미터쯤 움직였을까, 오 분이 지났다. 멀리 63빌딩을 위시한 여의도 스카이라인이 어슴푸레 보이기 시작하고, 내비게이션이 가리키는 도착 시간까지는 삼십여 분이 남아 있다. 라디오가 플로렌스 앤 더 머신의 〈킹King〉을 내보내고, 예인으로서는 처음 듣는 노래지만, 어렵지 않게 후렴구를 따라 부를 수 있다. 아이 엠 노 마더. 아이 엠 노 브라이드. 아이 엠 킹.

붉은색 후미등들이 따스한 빛을 발하고, 차창을

내리면 서늘한 공기가 밀려들어 온다. 예인은 미리 노들길로 빠질 준비를 하는 차들이 늘어선 마지막 차선에 진입하며 어떤 차의 뒷모습은 너구리 같고, 또 어떤 차의 뒷모습은 개구리 같다고 생각한다. 강물은 어둠 속으로 물러났고, 안개 없이 화창한 날이다. 해가 진 뒤에도 그 맑음을 느낄 수 있다. 배기가스로 가득할 도로 위에서도. 차들이 꾸물대며 움직이고, 63빌딩이 초당 손가락 한 마디씩 가까워진다. 예인은 그곳에 가본 적이 있다. 십오륙여 넌 전 일이다. 여름이었고…… 젊었을 때였다. 그날 예인의 연인은 예인에게서 훔쳤던 책을 돌려주지 않았고, 자신의 새로운 연인을 소개했다. 예인은 단박에 상황을 이해했지만 그 자리에서 바로 물러나지는 않았다. 예컨대 예인에게는 상황을…… 뭐랄까…… 깔끔하게 정리할 만한 사건이 필요했다. 아니야, 사건이라기보다는 뭐랄까…… 사태……라는 단어가 더 어울릴지도 모르겠어, 예인은 생각한다. 그리고 이 생각이 사라지지 않도록 핸드폰 녹음 앱을 켜고 사건과 사태와 연인의 연인에 대해 중얼거린다. 예인이 이 녹음을 다시 듣는 날이 있을까? 우리는 영원히 모를 것이다. 예인은 일주일에 한 번 반포대교에서 올림픽대로로 진입해 노량진에서 노들길로 접어드는데, 왜 하필 오늘 십오륙 년 전에 있었던 그 일을 떠올리는 것일까? 이에 대해서는 짐작해볼 수 있다. 검정색 파나메라가 마치 절로 움직여 다니는 중절모처럼, 그러니까 마술을 볼 때처럼 순식간에 기이한 방식으로 사라졌기 때문이다. 플로렌스 앤 더 머신의 노래가 종료되고 테임 임팔라의 곡이라고 생각했으나 난데없이 리한나의 곡이 나왔기 때문이다. 하얀색 다마스 한 대가 뒤늦게 자신도 노들길을 달리고 싶다며 애원하듯 예인의 차 옆으로 바짝 붙었기 때문이다. 예인은 문득 흰색이 아닌 다마스를 본 적이 없는 것 같다고 생각한다. 예인은 도로 위에서 많은 것을 생각한다. 언젠가 한번은 마포대교를 지나 공덕에 들어서면서 잃어버렸던 어떤 기억이 돌아오고 있다는 기분에 사로잡힌 적도 있다. 착각이었다. 예인은 착각으로 살아간다. 우리 대부분과 마찬가지로. 착각이 삶을 구원한 적도 있었다. 그러나 예인은 이에 대해서는 기억하지 못한다.

마침내 예인이 노들길에 진입한다. 이제부터는

교통량이 확연히 줄어드는 구간이다. 차선을 변경하는데, 뒤에서 소심한 경적이 울린다. 스쿠터에 탄 이가 예인을 향해 공격적인 제스처를 취하고 있다. 예인이 속도를 늦춘다. 스쿠터가 예인의 차를 앞지른다. 예인은 천천히 스쿠터 뒤를 따라간다. 둘은 터널을 통과하는 동안 비슷한 속도로 달려간다. 문득 예인은 저 스쿠터를 영원히 호위하고 싶다고 생각한다. 비가 오면 오는 대로, 눈이 오면 오는 대로, 사고가 나면 나는 대로, 달리면 달리는 대로. 착각일까? 이런 생각에 잠겨 가속과 감속을 반복하는 사이, 스쿠터가 방향을 꺾어 여의도 쪽으로 사라진다. 갑자기 알 수 없는 쓸쓸함이 예인을 포박한다.

엘리베이터가 1층에 도착하고, 인화가 예인과 어깨를 부딪힐 뻔하며 밖으로 나온다. 인화는 한동안 어두워진 거리에 적응하지 못한다. 왼쪽 입 안이 욱신거려 인화는 얼굴을 찌푸린 채 잠시 치과가 있는 건물 앞에 서 있다. 정면에는 철교가 시야의 대부분을 차지하며 놓여 있고, 그 아래로 버스들과 택시들, 너구리들과 개구리들이 느릿느릿

지나다닌다. 신호가 바뀌고 어디선가 호루라기 소리와 앰뷸런스 소리가 동시에 들려온다. 인화가 천천히 눈을 감았다 뜨고, 왼쪽에는 허름한 화단이, 오른쪽에는 음료수와 복권 따위를 파는 매점이 있다. 매점 앞에 서너 명이 줄을 서 있다. 인화는 문득 오늘 복권을 산다면 당첨될 것 같다는 기이한 확신에 사로잡힌다. 지난 십여 년간 여러 번 복권을 샀는데, 그중 두 번은 당시 현직 대통령들이 꿈에 등장했던 것이 이유였다. 첫 번째 꿈에서 인화는 보라색 정장 차림의 대통령에게 건강보험료 인상해서 법인세 인하분 메꿀 생각을 당장 그만두라며 대들었고, 꿈에서 깨어난 뒤에는 자신에게 무의식이란 어떤 형태로 존재하는 것인지 궁금해하다 복권을 사러 가서 자동번호를 선택했다. 두 번째 꿈에서는 오랫동안 야당 당수로 지내다 아슬아슬한 표 차이로 대권을 거머쥔 자주색 정장 차림의 대통령이 느닷없이 전쟁을 선포하는 바람에, 동생과 함께 어린 시절 살던 5층짜리 아파트 옥상에 올라가 멀리서 들려오는 포성을 들으며 먼저 뛰어내릴까, 기다릴까 고민하다 깨어났다. 그 후에도 인화는 역시 어디선가 보고 들은 조언에 따라 복권을 사러 갔고, 언제나 낙첨이었다. 인화가 욱신거리는 왼쪽 턱을 누르며 건물 앞에 서서 복권을 사려고 기다리는 사람들을 바라보고 있다. 지갑에는 지폐 몇 장과 여행용 자물쇠와 열쇠, 스타벅스 카드와 신용카드, 그리고 80만 원을 6개월 할부로 결제한 치과 영수증이 들어 있었다. 빈 것이나 다름없는 지갑에 복권 한 장의 무게를 더한다면, 그것이 지폐 수백 장으로 거듭날 수도 있다는 허망한 믿음을 가져본다면. 인화는 핸드폰을 꺼내 시간을 확인한다. 오후 7시 17분이다. 매점 옆 포장마차에서 떡볶이며 어묵을 팔고 있다. 누군가 달려가며 "여기야!" 외치고, 화답하는 표정, 노랗고 붉은 간판들이 일렁거리고, 사람들이 삼겹살집과 햄버거 가게, 편의점과 노래방과 맥줏집으로 들어간다. 물론 나오는 이들도 있다. 집으로 돌아가는 사람들도 있고. 인화는 혀끝으로 신경치료를 받은 어금니를 더듬다 순간적으로 감당하기 어려운 통증을 느낀다. 건물에서 나오던 누군가가 인화를 보고 멈칫하다 모르는 척 지나간다. 치위생사의 뒷모습이다. 인화는 용케도 근무복 차림이 아닌 치위생사를 알아본다. 치과에서 삼십

분 남짓 대기하는 동안 한 아이가 울음을 터뜨렸
고, 누군가가 부주의하게 기침을 내뱉다 눈총을
받았고, 인화는 푹 꺼진 소파 옆 민망한 구색을 갖
춘 조그만 책장을 들여다보다 1996년 5월에 발행
된 《리더스 다이제스트》를 꺼냈다. 갑자기 심장이
세게 뛰었다. 이유는 알 수 없었다. 어릴 적 할머니
댁에 가면 지금은 연락이 두절된 고모 방에서 놀
곤 했는데, 바닥에 흩어져 있던 문고본들과 잡지
들 중 《리더스 다이제스트》 1996년 5월 호가 있었
다는 걸 인화는 알지 못했다. 인화는 귀퉁이가 너
덜너덜하고 빛바랜 조그만 잡지를 펼쳐 앞쪽에 실
린 기사 하나를 읽었다. 요약하자면 이런 이야기
다. 미국의 한 부부가 아침 식사를 마쳤다. 아내가
남편을 배웅했다. 남편은 트럭 기사였다. 남편이
집을 나서고 반나절쯤 지나 아내는 친구에게 전화
를 걸었다. 신호가 갔고, 누군가가 전화를 받았다.
남편이었다. 남편은 수백 킬로미터 떨어진 지역
의 한 주유소에 있었다. 트럭에 기름을 넣은 뒤 편
의점에서 간식거리를 사고 나오는데 바로 앞 공중
전화에서 벨소리가 들리는 바람에 무심코 받았다
는 거였다. 아내가 잘못된 번호로 전화를 걸었고,

우연히도 남편이 그 전화를 받았다고 했다. 각주에는 미국 공중전화는 수신이 가능하다고도 적혀 있었다. 인화가 고모의 방에서 이 이야기를 읽었을까? 1990년대 중후반, 고모가 아직 젊고, 아버지도 젊을 때였다. 인화는 어렸고, 할머니도 살아 계셨다. 인화는 문득 그로부터 이십여 년이 훌쩍 지났다는 걸 깨달았고, 앞으로 이십여 년 후에는 얼마나 많은 치아가 자신에게서 사라질 것인지 생각했다. 욱신거리는 뺨을 손으로 누르며 다시 한번 시간을 확인한다. 오후 7시 19분. 사람들이 지나가고, 차들이 지나간다. 복권판매점 앞의 줄이 더 길어졌다. 인화는 지갑을 꺼내 지폐를 헤아리며 줄 끝으로 가 선다. 핸드폰 벨소리가 들리고, 인화는 움찔하는데, 어느새 뒤에 줄을 선 사람이 달콤한 목소리로 전화를 받는다. "응, 나 이제 퇴근했어."

너구리들과 개구리들, 개들과 쥐들. 산책 나온 개들이 서로를 알아보고, 전철역 주변이 마법처럼 일시적인 소강상태에 접어들었다가, 언제 그랬냐는 듯 다시 한껏 북적거림이 시작된다. 금요일 저녁이다. 공기 중에는 희미한 땀 냄새와 라일락 향

기가 감돌고, 비가 올 기미는 없다. 벌써 불콰해진
얼굴로 술집을 나와 담배를 피우러 후미진 곳을
찾는 사람들이 있고, 거주자들과 통근자들이 다이
소에서 면봉과 물티슈를 산다. 간혹 오토바이들이
요란하게 지나가고, 그들 중 몇몇의 동선이 위험
하게 얽히기도 한다. 도로 위 미지의 인물에게서
잠시 호위를 받았다는 사실을 모르는 오토바이 한
대가 신호가 바뀌기 무섭게 좌회전해서 한강 쪽으
로 달려간다. 화영이 주로 곱창전골을 파는 음식
점과 한 평짜리 꽃집, 전자담배 가게를 지나 상업
용 건물에 딸린 공용 부지에 들어선다. 은색과 빨
간색의 거대한 조형물이 부지 한가운데를 차지하
고 있고, 그 주변을 따라 벤치들이 놓여 있다. 화영
은 마을버스를 기다리는 사람들을 통과해 벤치 쪽
으로 다가간다. 금연 구역임을 알리는 표지판들
과 갓 심은 티가 역력한 팬지꽃들, 꽁초들, 개똥들,
깎인 풀들, 냄새들, 일회용 커피 컵들이 있다. 중학
생 남자아이들 셋이 자전거를 탄 채 어깨를 들썩
이며 지나가는데, 그들이 외치는 소리가 가까워
졌다 멀어진다. "너 『데미안』 읽어봤어?" "그게 뭔
데?" "알 까고 나오는 얘긴데 완전 지려." 이어지

는 대화를 들으려고 고개를 기울여보지만 아이들은 속절없이 화영과 멀어진다. 비글처럼 멀어지는 무리들. 마을버스가 도착하고, 대부분 지친 얼굴로 침착하게 탑승하지만, 개중에는 서둘러 뒷문으로 타고 보는 이들도 있다. 벤치에 앉자마자 화영의 겨드랑이에서 땀이 배어 나온다. 화영은 저도 모르게 오른쪽 겨드랑이에 코를 묻고 냄새를 맡으려다가 그만둔다. 벤치에 올려둔 쇼핑백 안에는 식빵 한 봉지가, 그 아래 바닥에는 오만 원권 지폐 열 장이 든 흰색 봉투가 놓여 있다. 화영은 무심한 얼굴로 식빵 봉지를 살짝 들어 흰색 봉투가 그대로 있음을 확인한다. 마을버스가 출발하고, 택시 한 대가 녹색 예약 표시등을 내걸고 지나간다. 그때 2시 방향으로 15미터가량 떨어진 벤치에 한 여자가 비스듬히 앉아 있는 것이 화영의 눈에 들어온다. 화영이 여자를 바라본다. 가끔 행인들이 여자와 화영 사이를 가로막지만, 그로 인해 화영의 지켜봄이 딱히 방해를 받는 건 아니다. 어쨌거나 여자도 화영도 움직이지 않고 있는 것이다. 목덜미 부근에서 질끈 묶은 여자의 머리카락은 어깨와 겨드랑이 사이에 늘어져 있다. 목이 늘어난 줄

무늬 티셔츠와 남색 혹은 검정색으로 보이는 트레이닝 바지에 허름한 운동화를 꺾어 신은 차림이다. 옆에는 마대자루 소재로 만들어진 커다란 짐 가방 두 개가 놓여 있고, 여자는 그 위에 몸을 기대어 있다. 여자는 잠들어 있다. 혹은 그런 것처럼 보인다. 화영은 여자를 더 자세히 보려고 고개를 내밀며 상반신을 앞으로 기울이는데, 둘 사이의 거리가 고작 한두 뼘 가까워질 뿐이어서, 여자가 실제로 잠들어 있는지 쉽게 확인할 수는 없다. 화영은 여자를 지켜보기로 한다. 행인들이 지나간다. 개들이 지나간다. 누군가가 연인에게 꼭 붙어 해사하게 웃으며 걸어가고, 반바지 차림의 젊은이들이 농구공을 주거니 받거니 하며 맥줏집으로 들어간다. 여자는 미동도 없다. 화영은 여자의 커다란 짐 가방들 안에 무엇이 들어 있는지 궁금하다. 여자가 금요일 저녁 번화한 길 한복판 벤치에 눕다시피 앉아 있는 이유가 궁금하다. 화영은 여자의 가방들 크기를 가늠해본다. 밑변 60센티미터, 높이 45센티미터, 폭 30센티미터 정도. 대략 그 정도일 거라는 생각이 든다. 그 안에는 코인세탁소에서 세탁과 건조를 끝낸 겨울 이불, 혹은 의류 도매

업자에게서 빚 대신 받아온 철 지난 청바지들, 혹은 한때 사람의 신체를 구성했으나 이제는 그렇지 않은 부위들, 혹은 음식들을 장만해 아들이나 딸에게 주려고 가져왔으나 정작 아들이나 딸이 부재중이라 연락을 기다리는 중, 나물들, 장조림, 고등어김치찌개, 멸치볶음과 페트병에 넣어 얼린 식혜 따위가 들어 있지 않았으면 좋겠다고 화영은 생각한다. 너무 무거우니까. 굳은 어깨와 아픈 무릎으로 그런 것들을 들고 다니면 안 된다. 혹은 충동적으로, 아니면 오랜 계획에 따라 필요하거나 두고 나올 수 없는 물건들을 챙겨 나온 것인지도 모른다. 만약 그렇다면 후자일 것이다. 충동적이라면 심 가방이 두 개일 리가 없다. 화영은 여자를 바라보며 계속해서 생각한다. 여자가 일어날 때까지 화영은 그녀를 지켜보고 있기로 한다. 여자를 호위하기로, 멀리서나마, 여자를 계속해서 시야에 담고 있기로 한다. "얼마나 참고 참았겠어. 사실혼 관계인 여자가 있다는 걸 결혼하고 알았다는데." 여자 또래로 보이는 또 다른 여자들이 지나간다. 화영은 그들의 대화를 들으며 여자를 지켜보기를 그만두지 않는다. "나 같아도 이혼하지. 어떻게 참고 살아." 여자들이 탄식한다. 화영은 그런 탄식들을 언젠가 어디선가 들은 적이 있다. 집에서, 거리에서, 텔레비전에서, 인터넷에서. 옛날이야기들에서, 소문들에서, 고속도로 휴게소에서. 여자들이 멀어지고, 여자는 여전히 미동하지 않는다. 한동안 앉아 있었기 때문인지 땀이 식어 있다. 바람이 불고, 라일락 냄새가 희미하게 난다. 화영은 여자에게로 가까이 다가갈까 잠시 망설인다. 여자의 상태를 확인하고 싶고, 혹시 잠든 건 아닌지 보고 싶고, 커다란 짐 가방 두 개 속에 무엇이 들었는지 알고 싶다. 화영의 맞은편 벤치에, 그러니까 여자와 화영 사이 벤치에 정장 차림의 남자들 둘이 와서 앉고, 그중 한 사람이 무심코 담배를 꺼내려다 화영과 눈이 마주치자 머쓱하게 손을 내린다. "오늘은 불장일 거예요." 한 사람이 말한다. "내 것만 파란 불 뜨는 거 아니야?" 다른 사람이 말한다. "그나저나 빨리 서머타임 시행하면 좋겠어요. 한 시간 일찍 시작하는 게 크더라고요." 한 사람이 말한다. "한 시간 일찍 봐봤자 마음만 한 시간 더 아프지." 두 사람이 각자 캔맥주를 들이켠다. 아무래도 한동안 앉아 있을 모양새다. 화영은 쇼핑백을 들고 일어나 그들 뒤로, 그러니까 그들 뒤쪽이자 여자와 몇 미터 가까운 곳에 있는 벤치로 자리를 옮긴다. 여자는 여전히 미동하지 않는다. 어두운 거리를 밝힌 인공적인 조명 빛이 여자의 목주름과 오른 손가락에 끼워진 가느다란 금반지, 대체로 검지만 숱 적은 머리채와 군데군데 허연 두피를 드러낸다. 화영은 여자를 지켜보며 식빵 봉지를 뜯는다. 개들이 지나간다. 아무도 화영의 쇼핑백 속 하얀 봉투에 관심이 없다. 화영도 마찬가지다. 화영은 여자에게만 관심이 있다. 화영은 여자를 한동안 지키고 있기로 한다.

오후 8시 30분, 네일숍 간판 불이 꺼지고 그만큼 거리가 어두워진다. 아디다스 저지를 입고 나일론 크로스백에 인형들과 작고 노란 실리콘 리본을 단 여자애가 무릎 아래까지 끌어당겨 신은 양말 뒤쪽의 검정색 리본을 나풀거리며 걸어간다. 흥얼거리는 노랫소리. 바람이 불지 않고 비가 올 기미는 없다. 철판요릿집 전면유리창 안쪽으로 손님들 앞에서 철판에 알코올을 붓고 불길을 일으키는 요리사가 감흥 없는 얼굴로 스테인리스 주걱을 흔들고, 그 광경을 홀린 듯 바라보는 행인이 있다. 토스트 가게를 지나쳐 붕어빵 트럭과 다코야키 트럭 앞에서 망설이는 사람 둘. 선택지가 있다는 건 좋은 일이다. 선택할 수 있다면 좋은 일이다. 가지 한가득 나뭇잎을 채워낸 나무들이 있고 구청 환경 과 공무원이 아무도 모르게 정성껏 돌본 화목들이 역시 아무도 모르게 탄소를 저감 중이다. 스물네 시간 영업하는 3층짜리 카페에서 앉을 자리를 찾지 못해 나온 기독교도들 여덟 명이 다음 행선지를 두고 고민하는 사이, 킥보드 한 대가 두 명의 승객을 태운 채 4차선 도로 위 버스 앞에서 위태로이 달려간다. 버스 기사가 경적을 울릴까 망설이던 찰나, 킥보드가 우회전해 2차선 도로로 접어들고, 무단횡단을 감행하던 중년의 남성이 표정의 변화 없이 그대로 길을 건넌다. 어떤 사람들은 취해 있고 어떤 사람들은 잠들어 있다. 어떤 사람들은 짐을 운반하는 중이고 어떤 사람들은 집에 돌아가지 못하는 중이다. 어떤 사람들은 무인으로 운영되는 프린트 카페에서 이혼 서류를 출력하고 어떤 사람들은 마감 전 떨이로 판매되는 빵들 앞에서 고소한 냄새에 걸음을 멈춘다. 어떤 사람들은 죽어가고 어떤 사람들은 그것을 지켜본다. 오후 8시 31분, 철교 아래 도로로 들어와 좌회전 신호가 떨어지기를 기다리던 운전자가 조수석에 앉은 동승자에게 말한다. "아까 지나온 길에서 살인 사건 난 적이 있대." "정말?" "한 이십 년 전인데, 범인을 못 찾았다네." "번화가가 이렇게 지척인데. 이십 년 전에도 여긴 번화가였을 거 아니야." "내 말이." 엉망으로 뭉개졌다 다시 잡풀들이 자라나고 죽어 사라진 잡풀들 위로 또다시 잡풀들이 자라나는 갓길 옆 녹지 어딘가에는 그날의 손톱이 썩지 않고 남아 있다. 보이지 않을 뿐이다. 한때 강이 범람하기도 했던 이 지역에는 토박이보다 외지인들이 많이 산다. 외지인들의 외지인들도 자주 드나든다. 서울의 여느 지역이 그러하듯이. 전철이 요란한 소리를 내며 철교를 지나 지하 구간으로 진입하고, 승객들 중 일부는 유리창에 반사된 자신의 음울한 얼굴과 검게 반짝이는 강물을 잠시 응시할 것이다. 어둠 속에서 머나먼 강의 상류를 상상하던 사람이 자리에서 일어나 엉덩이를 털고, 도심이라는 걸 고려할 때 과도하게 복장을 갖춘 사이클리스트들이 구령을 붙여가며 일렬로 자전거 전용도로를 지나간다. 이르게 부화한 모기들이 눅진하게 가라앉은 강가의 공기가 이끄는 대로 날갯짓을 하고, 느슨한 복장으로 달려가는 조거들이 흘린 땀방울 몇 개가 트랙에 흔적을 남겼다가 이내 사라진다. 아직 자신의 정체성을 깨닫지 못한 악인들과 부대 사정으로 단체 휴가를 나온 어린 군인들, 잔뜩 긴장한 젊은이들과 피크닉 매트를 챙겨 집으로 돌아가는 가족들이 있다. 멀리 자동차 전용도로에서 녹색 불빛이 다급하게 번쩍거리고 사이렌 소리, 여기서 보면 이 도시에서의 삶도 나쁘지 않은 것 같아, 누군가가 생각하다 이내 착각이라는 걸 깨닫는다. 그리고 잠시 소강상태가 찾아온다. 강물의 유속이 0에 수렴하고 바람이 완전히 잦아든다. 낮은 자리에서 희미하게 빛나던 달이 구름에 가려지고 별빛은 처음부터 보이지 않았다. 이리저리 움직이던 사람들이 시간이 정지한 듯 동작을 멈추고 자동차들도 오토바이들도 버스들도 택시들도 김포공항을 향해 마지막 비행 중이던 여객기 두 대도 잠시 그 자리에 붙박인 것처럼 보인다. 자전거들과 킥보드들, 개들과 고양이들, 쥐들과 바퀴벌레들도 움직이지 않는다. 화영도 화영이 지켜보던, 혹은 지켜주던 여자도 움직이지 않는다. 모기들이 어리둥절한 시선을 주고받다 그대로 공허해진다. 그리고 어둠 속에서 몇몇 유령들이 기지개를 켜면서 등장한다. 대교 위에서 휘청이던 사람들, 나룻배로 강을 건너던 사람들, 하류로 휩쓸려 간 사람들, 도로에 집을 내어준 사람들, 사후에 손톱이 뽑힌 사람들, 도망친 사람들, 건설 중인 대교를 바라보며 경이로운 감각에 통증을 느끼기까지 한 사람들, 소금을 실어 나르던 사람들, 새우젓을 실어 나르던 사람들, 묫자리를 도난당한 사람들, 나무를 벤 사람들, 추적하던 사람들, 자식을 잃고 자신을 잃은 사람들. 구겨진 필라테스 학원 전단지 한 장과 하늘색 실리콘 빨대 하나가 시간이 지나가기를 기다린다. 자연이 자신들을 분해해주기를. 그래서 언제고 자연으로 돌아갈 수 있기를. 강물에 잠긴 핸드폰들이 전파를 찾아 헤매다 마침내 돌아올 수 없는 강을 건널 때, 그들이 발신하는 마지막 신호가 이미 죽은 자들에 의해서만 해독된다. 동선 위에 동선, 사람 위에 사람, 무덤 위에 무덤. 오후 8시 49분, 지상의 시간이 다시 흐르기 시작한다.

누군가 비틀거리며 아파트 담장을 따라 걸어간
다. 적당한 간격을 두고 늘어선 가로등들에 가까
워질 때마다 그림자가 짧아졌다가, 멀어지면 길어
지고, 어느 순간 보이지 않게 된다. 아파트 단지에
딸린 공용 부지에 심겨 최소한의 녹지를 공급하는
나무들 아래 역시 벤치가 있고 오후 8시 50분, 영
경이 그 벤치에 앉아 책을 읽고 있다. 영경의 목에
는 목걸이 형태의 랜턴이 걸려 있고, 그 불빛이 지
나가는 사람들의 이목을 끌기도 한다. 영경은 녹
지 가장 깊숙한 곳에 앉아 있어서 거리와 행인들
의 삼분의 일 정도만 시야에 들어온다. 어쨌거나
영경은 그들을 보고 있지 않다. 책을 읽는 중이다.
오월 저녁의 공기는 감미롭다가 따사롭다가 서늘
했다가 냉담하기를 반복하고, 영경은 랜턴 불빛
이 너무 강하다고 느껴질 때마다 눈을 깜박인다.
영경이 무엇을 읽고 있을까? *푸른 눈의 남자가 내
게 말하고 있었지. 그가 말하고 있다는 것만 알 수 있
었어. 젊은 사람이었어. 당시 내 또래였을 거야. 크룰
릭. 그가 말했어. 그가 정말로 크룰릭, 이렇게 말했던
걸까? 모르겠어. 나는 그의 말을 전혀 알아듣지 못했
어. 지금 듣는대도 마찬가지일 거야. 나는 멍하니 그*

를 바라보고만 있었어. 그는 비둘기를 한 번 가리켰고(혹은 그런 것처럼 보였고), 이어 역사 안 괘종시계를 한 번 가리켰어(혹은 그런 것처럼 보였어). 내 시선이 그의 손끝을 따라갔지만 나는 아무것도 이해할 수 없었어. 뭐라 대꾸하기도 했을 거야. 어설픈 영어로. 그다음에는 한국어로. 그는 답답하다는 듯 안타까운 표정으로 자꾸 무슨 말인가를 중얼거렸어. 크룰릭. 키하냐. 니예 비엠. 내가 뭘 들었던 걸까? 잘못 들었겠지. 잘못 기억하는 것이겠지. 해가 지고 있었고, 내가 탈 기차가 곧 출발할 거였어. 그랬겠지. 나는 그 기차를 탔고, 그다음 여정은 잘 기억나지 않지만, 결국 서울로 돌아왔으니까. 그 후로 이십 년이 흘렀으니까. 그날 그는 내게 뭐라고 했던 걸까? 그날 들었던 말을, 그 발음들을, 나는 정확하게 기억하고 있는 걸까? 어쩌면 그는 내게 사랑한다고 말하고 있었는지도 몰라. 그 말을 알아들었어야 했는데. 그랬다면 지금과는 완전히 다른 삶을 살게 되었을지도 모르지. 그러면 너는 존재하지 않을 수도 있겠지만…… 이해해주길 바라. 너는 존재하니까. 너는 존재하므로 이해할 수 있어. 그와 나는 안타까운 표정으로 서로를 마주보았지. 나는 가야 한다고 말했어. 이제 기차가 출발한다고. 나는 돌아가야 한다고. (어디로?) 그는 두 손을 내려뜨렸어. 니예 비엠……. 그가 말했어. 혹은 그렇다고 내가 생각했어. 해가 지고 있었고, 내 삶은 변하지 않고 있었지. 아니야, 변하고 있었어. 다만 그때는 인지하지 못했을 뿐이지. 그를 따라갔어야 했는지도 몰라. 하지만 그러지 않아서 다행이지. 똑같은 일이 반복되었을지도 모르니까. 크라쿠프역 한복판에서 세 시간쯤 서 있게 되었을지도 모르니까. 영경은 참새들과 까마귀들, 비둘기들이 저마다의 일에 골몰하는 크라쿠프 역사 안에서 난생처음 듣는 언어들로 이루어진 누군가의 힐난, 혹은 부탁, 혹은 고백, 혹은 분노를 듣고 있는 자신을 상상한다. 그러고는 잠시 책을 덮고 핸드폰을 꺼내 크라쿠프라는 지명을 검색한다. 유럽에서 가장 아름다운 도시 중 하나로, 구시가지가 유네스코 세계문화유산으로 지정되었으며, 영화 <쉰들러 리스트>의 촬영지가 있고, 근처에 소금광산이 있고, 호박이 유명하다는 정보가 나온다. 그때 핸드폰이 경보음을 뱉어내고, 오후 9시가 되었음과 동시에 동해 먼바다에서 강도 5.5의 지진이 발생했다는 사실을 알린다. 영경은 그대로 가만히 존재한다. 영경은 미동하지 않는다. 발밑으로 전해지는 진동이 없다. 거리는 조금 전과 같다. 사람들이 조금 움직였고, 건물들에 가려져 보이지 않는 달과 별들과 인공위성들도 조금, 보이지 않게 움직였다. 그리고 영경이 자리에서 일어난다. 집으로 돌아갈 시간이다. 노란색 도료를 새로 칠한 횡단보도가 있고, 다시 생기를 되찾은 사람들이 있다. 영경은 목걸이형 랜턴을 끄고 가방에 책을 넣고 엉덩이 부근을 털어낸다. 방금 무슨 일이 있었지? 영경은 모른다. 영경이 천천히 흔들흔들 걸어간다. 두 블록쯤 걷자 사위가 어두워지고, 건너편에서 노년의 여자가 커다란 상자와 봉투 들이 가득 실린 대형마트 카트를 밀며 힘겹게 노란색 도료를 새로 칠한 횡단보도를 걸어온다. 영경 쪽으로. 그러다 카트 바퀴가 도로 경계석에 걸리고, 여자가 신음하고, 영경은 순간적으로 몸을 틀어 카트를 끌어당긴다. 노년의 여자가 당황한 얼굴로 고맙습니다…… 말하고, 조금 전과는 달리 빠르게 카트를 밀고 간다. 영경은 여자가 일흔일곱 살쯤 되었으리라 추측하면서 한동안 그 뒷모습을 바라본다. 아니야, 실제로는 예순둘 정도일지도 모르

지…… 그런데 그 표정은…… 발각당한 표정이었
어. 혹은 간파당했거나……. 서둘러 마트 반대편으
로 사라져간 여자가 완전히 보이지 않게 된다. 영
경은 카트에 실려 있던 것들에 대해 추측한다. 참
치액젓이나 배추 따위는 아닐 것이다. 애초에 마
트에서 산 물건들이 아닐지도 모른다. 영경은 여
자를 따라갈까 하다가 그만둔다. 길 건너편에 녹색
예약 표시등을 밝힌 택시 한 대가 서 있다. 젊은 여
자가 부리나케 뒷좌석 문을 열고 탑승하려는 찰나,
다른 젊은 여자가 소리를 지르며 달려온다. "제가
예약한 거예요!" 두 다리를 택시 안으로 들여놓던
여자가 욕설을 내뱉으며 다시 거리로 나오고, 옥신
각신이 이어지는 짧은 순간을 영경이 지켜본다.

중학생쯤 되었을 아이들 셋이 무인 아이스크림
가게 앞에서 서성거린다. 아이들은 모두 회색 후
드집업에 검정색 반바지, 슬리퍼 차림이다. 일종
의 교복일까, 경미는 생각하며 그들을 지나 5미터
간격으로 포플러나무들이 심긴 보도에 들어선다.
맞은편에서 걸어오던 사람이 짧은 스커트를 나풀
거리며 전기자전거를 타고 달려가는 사람을 잠시

멍하니 바라보다 경미와 부딪히기 직전에 전방을
주시한다. 부동산과 쌀국수 가게, 반찬 가게와 정
육점을 지나친 경미가 노란색 간판 불을 밝힌 카
페에 들어선다. 매장 안이 터무니없이 노랗다. 역
시 노란 앞치마를 두른 점원이 단조롭게 인사말을
건네고, 경미는 아이스 아메리카노를 한 잔 주문
하고 가게 안을 둘러본다. 창가와 면한 높고 좁은
테이블 앞에 매달리다시피 앉아 있는 사람 둘, 블
루베리 스무디로 보이는 보라색 액체가 담긴 플라
스틱 컵을 들고 막 카운터에서 물러난 사람 하나,
*견딜 수 없이 가슴이 아려와, 네 품에 안겼던 추억이
자꾸만* 노래가 들려오고, 아이스 아메리카노가 빠
르게 도착한다. 며칠 진 족서근막염으로 인한 통
증을 완화해준다는 깔창을 깐 운동화를 신었지만
십 분 이상 걸으면 여전히 왼쪽 무릎 통증에 시달
리는 경미가 카운터 안쪽으로 가 조그만 테이블을
차지하고 앉는다. *이 모든 고통이 사라질 수 있다면,
네 품에 안겼던 추억이 자꾸만* 나무 무늬 필름을 씌
운 사각 테이블 위에 누군가가 남겨둔 물 얼룩이
있다. 경미는 무심코 손가락으로 그것을 문지르
고, 잠시 불쾌한 기분이 된다. 커피를 마시고, 커피

를 마신다. 누군가가 들어오고, 누군가가 나간다. 원두 가는 소리와 싱크대 물 흐르는 소리. 경미가 문득 복부에 손을 얹고, 가능한 불가능과 불가능한 가능을 가늠해본다. 비밀에 부쳐질 일들, 문득 이십여 년 전 1호선 전철을 타고 통학하던 날들이 기억난다. 수도권 전철 노선도가 비교적 단순하던 시절, 회기역에서 청량리역으로 이동하던 어느 아침, 키가 경미의 허리께를 조금 넘을 뿐인 여자애가 까치발을 들고 출입문 위에 걸린 노선도를 올려다보고 있었고…… 그 모습이 경미의 눈에 띄었고…… 이상했지, 주위에 보호자로 짐작되는 이가 보이지 않는다는 것이……. 경미는 아이에게 어딜 가냐고 물었고, 아이는 불안한 눈빛으로 인천까지 간다고 대답했다. 마침 자리 하나가 비었고, 경미는 곧장 자리를 차지하고 앉아서 전철이 멈추고 출입문이 열릴 때마다 드나드는 이들에게 이리저리 치이면서도 노선도에서 눈을 떼지 않는 아이를 지켜보았다. 따라갈까, 데려다줄까, 인천까지. 경미는 종로3가에서 내렸고…… 돌아보았고…… 아이와 눈이 마주치지 않았다. 그날 말해줬어야 했는데…… 데려다주지 않을 거라면 적어도…… 그

전철이 수원행이었다는 걸…… 그런데 어째서…… 이십여 년 전 그 사건…… 혹은 사태……가 떠오른 것일까? 경미는 배를 쓰다듬으며 생각한다. 그러다 저도 모르게 오른쪽 눈가에 오른손을 가져다 대고, 젖은 눈꺼풀을 문지른다. 눈물이 흐르려다 멎는다. 그날의 아이는 이제 서른 살쯤 되었을 것이다. 그날 같은 객차에 타고 있던 사람들 중 삼분의 일가량은 죽었는지도 모른다. 경미는 살아 있고…… 죽을 뻔한 적도 있었지만……. "어서 오세요!" 갑자기 명랑해진 점원이 매장에 막 들어선 이에게 인사말을 건네고, 경미는 냅킨을 찾아 주위를 두리번거린다. 아이는 반드레하게 닳은 분홍색 나일론 점퍼를 입고 있었다. 아니다. 하늘색이었다. 아니다. 군청색이었다. 눈이 작고 동그랬다. 단발머리였고…… 아니야…… 단발보다는 긴 머리를 하나로 묶고 있었어…… 아니야…… 경미가 커피를 마신다. 아이를 데려다줘야 했어…… 경미는 후회한다. 적어도 말해줘야 했다. 그들이 타고 있던 전철은 수원행이었다. 인천으로 가려면 도중에 인천행으로 환승해야 했다. 신도림에서? 아마도. 당시에도 신도림역에서 열차를 갈아타라는 안

내 방송이 나왔을 것이다. 갈아탔을 거야…… 영리해 보이는 아이였지…… 적어도 나보다는…… 제대로 된 인생을 살고 있지 않을까……. 이십여 년 전 그때 경미의 나이는 스물 한두 살이었고 십 대 시절부터 쓰던 검정색 폴리우레탄 지갑에 만 원짜리 한두 장과 천 원짜리 한두 장이 들어 있었다. 지폐 도안이 바뀌기 전이었다. 그것으로 며칠을 살았고, 한번은 지갑을 집에 두고 나오는 바람에 전철역에서 처음 마주친 모르는 사람에게 갚지 않을 오백 원을 빌려 전철 표를 산 적이 있었다. 그리고 어떻게 돌아왔더라, 경미는 기억하지 못한다. 경미가 커피를 마신다.

너구리들과 개구리들, 개들, 사람들. 먼지 위에 먼지, 흙 위에 흙. 지층 위에 지층. 사람 위에 사람. 불멸을 원하는 필멸자들과 취객들, 경찰들, 흡연자들이 저마다 핸드폰을 들여다보고 있다. 쇼핑객들이 색과 크기가 제각각인 종이봉투를 들고 회전문을 빠져나오고, 저녁 수영을 마치고 젖은 머리로 귀가하는 사람들, 화단 경계를 지은 낮은 벽돌담에 걸터앉아 780번 버스를 기다리는 사람들, 누군가가 접이식 카트에 쌀 2킬로그램과 대파 한 단, 설탕 1킬로그램을 싣고 지하상가로 이어지는 계단을 힘겹게 내려간다. 바라건대 서로가 서로의 호위가 될 수 있다면, 누군가는 생각하고, 피어싱 가게에서 난생처음으로 누군가가 귓불을 뚫고 있다. 악, 소리가 난다. 웃음소리. 전철역 부근 번화가에서 주거지역 쪽으로 접어들던 미아는 왼쪽이 심하게 처진 어깨로 터덜터덜 걸어가는 여자를 본다. 반드레하게 낡은 남색 겉옷을 입고 장바구니로 보이는 검정색 가방을 들었다. 희끗희끗한 단발머리 역시 왼쪽으로 기울어져 있다. 미아가 아파트 단지 샛길로 접어든다. 단지와 단지 사이, 한직한 2차선 노로 위를 세 남자아이가 저마다 자전거를 타고 달려간다. 그중 한 아이는 상반신을 최대한 낮추며 개구쟁이 목소리로 외친다. "공기저항 최소화!" 아이들이 킬킬거리며 열심히 페달을 밟는다. 가로등들이 드문드문 늘어서 있고, 개들이 산책 중이다. 미아가 가로등 불빛이 닿는 범위 안에 들어섰다 나왔다 한다. 미아는 보도 위를 걷고 있다. "알렉산드라!" 누군가가 외치고, 미아는 뒤를 돌아보고, 그것이 개의 이름이라는 걸 깨닫

는다. 알렉산드라라는 이름의 연한 갈색 중형견을
본 이들이 순간 슬며시 미소를 짓는다. 길 건너편
을 지나던 조그만 하얀 개를 알아본 알렉산드라가
아무 고민 없이, 걱정 없이, 숙고 없이, 쾌활하게,
명랑하게, 천진하게 도로를 건너려다 주인에게 제
지당하는 중이다. 편의점에서 젤리와 초코우유를
사서 나오던 아이가 아버지 손을 잡은 채 까르르
웃음을 터뜨리고, 알렉산드라는 여전히 앞발을 들
고 있다. 미아는 언젠가 세 글자나 네 글자 이름이
갖고 싶었던 때를 떠올린다. 이치코, 사치코, 메이
링, 알라우네, 아라크네, 리자베타, 엘리자베스, 알
렉산드라. 두 글자 이름도 괜찮을지도 몰라, 예컨
대 안나, 제인, 올가. 미아가 걸음을 옮긴다. 이제
다른 삶을 꿈꾸기에는 너무 늦었다…… 터무니없
이…… 늦었어…… 미아는 생각한다. 오후 9시, 야
간 상수도 배관 작업을 나온 인부들이 아파트 단
지와 면한 8차선 도로 한편에서 서성거린다. 미아
가 그들 옆을 지나간다. 밤의 정경이 단출하고 소
란스럽다. 미아는 어디로 가고 있을까? 우리는 모
른다. 누군가가 미아의 호위가 되어줄까? 알 수 없
는 일이다. 미아가 문득 멈추어 선다. 낡은 남색 겉

옷을 입은 여자가 다시금 미아의 앞에서 걸어가고 있다. 미아는 여자의 등을 바라보며 보폭을 맞추어 걷는다. 여자가 가끔 휘청거리고, 미아는 여자의 좁은 어깨가 금방이라도 고꾸라질 듯 위태로이 구겨지는 모양을 지켜본다. 여자의 가방에는 무엇이 들어 있을까, 미아는 생각한다. 미아의 가방에는 핸드폰과 충전케이블, 팔리아멘트 아쿠아 파이브 한 갑과 라이터 하나, 지갑과 립밤이 들어 있다. 핸드폰과 담배만 있다면 미아는 어디든지 갈 수 있다. 하지만…… 미아는 여자의 등을 줄곧 바라보며 걸으면서, 아침에 유튜브에서 들었던 누군가의 말을 떠올린다. *금리가 오르면 누군가는 파산합니다.* 미아의 핸드폰에는 확인하지 않은 문자 메시지 2만여 개, 확인하지 않은 이메일 3천여 통, 확인하지 않은 카톡 메시지 5천여 개가 있다. 그중 반드시 확인해야 하는 메시지는 아마도…… 서른 개 남짓일 것이다. 여자가 앞으로 고꾸라질 뻔하다가 자세를 바로잡는다. 미아는 여자의 등을 지켜보며 걷고 있다. 가방의 무게 때문에 왼쪽 어깨가 처진 걸로 보이지는 않는다. 여자는 오른손으로 가방을 들고 있다. 가로 30센티미터, 세로 25센티미터가량의 천가방에 아무리 많은 물건을 담았다고 해도 저리 온 인생을 담은 것처럼 무겁게 들고 갈 수가 있나, 미아는 생각한다. "네가 감히 나를 깐 거야?" "아니라니까, 오해라니까." 연인으로 보이는 젊은이들이 배드민턴채를 하나씩 들고 미아 곁을 지나간다. 횡단보도를 건너면 유수지가 있고, 강이 있다. 한강 가기 전 마지막 편의점이라는 입간판이 보이고, 횡단보도 앞에 여자가 걸음을 멈추고, 적색 신호, 미아가 천천히 여자 뒤에 선다. 미아는 여자의 얼굴을 흘긋 보고, 여자는 피로한 낯빛으로 눈을 감다시피 하고 신호가 바뀌기를 기다린다. 차들이 지나가고, 어떤 개들이 여전히 산책 중이다. 오후 9시 5분, 길 건너 불 꺼진 정형외과 외벽에 걸린 디지털시계가 현재 시각을 알린다. 신호가 바뀐다. 여자가 천천히 걸음을 옮기기 시작한다. 그러다 다시금 휘청이고, 미아는 저도 모르게 다가가 여자의 왼쪽 어깨에 손을 댄다. 여자가 소스라친다. 저기…… 제가 도와드릴까요? 미아가 말하고, 여자는 경악한 얼굴로 고개를 세차게 흔들며 걸음을 빨리한다. 미아가 여자를 따라붙는다. 힘들어 보이셔서요……. 여자가 완강하게 걸음을 내딛고, 그 걸음이 위태롭고, 위태롭지만…… 미아는 제자리에 멈추어 선다. 횡단보도 한복판이다. 처진 어깨와 절룩이는 걸음으로 횡단보도를 건너간 여자가 경계하는 얼굴로 미아를 돌아본다. 신호가 바뀌기까지 9초가 남아 있다. 9초, 8초, 7초, 6초. 미아와 여자는 몇 초 동안 서로를 바라보고 있다. 여자가 몸을 돌린다. 그리고 휘청거리며, 오른쪽 발을 질질 끌다시피 하면서 복권방과 편의점, 카페와 안경점을 지나 저 멀리 어둠 속으로 사라진다. 미아는 여자가 완전히 사라질 때까지 그저 지켜보고 있다. 부주의한 보행자가 미아의 어깨를 치고 지나가기도 한다. 미아는 그대로 시 있다. 그내로 서서 여자가 사라진 방향을 멍하니 바라보고 있다. 3초, 2초, 1초. 적색불이다. 횡단보도가 텅 비었다. 맹렬히 다가오던 택시가 신경질적으로 미아의 왼쪽에 멈추어 선다.

에세이

*

소금을 머리에 인 여자들

나는 주로 새벽에 걷는다. 한적한 주거지역을 오 분쯤 걷다 보면 자정을 한참 넘긴 시간에도 이런저런 이유로 길에 나와 있는 사람들을 많이도 보게 된다. 제법 번화한 지역인 것이다. 상업용 건물과 보도 사이에는 공용지가 있고, 보도와 차도 사이에는 화단들이 있나. 은행나무와 단풍나무 정도를 구분할 뿐인 내 눈으로는 정성껏 심긴 화초들의 이름을 알 수 없지만, 계절별로 다양한 색과 형태의 꽃들이 피었다 진다는 건 알고 있다. 구청 녹지과에서 수고하는 것일까. 사람들이 그 주변을 무심히 지나다닌다. 나는 횡단보도에서, 고가 아래서, 전자담배 가게 앞에서, 편의점 옆 어두운 구석에서 그들과 꽃들을 보거나 말거나 한다. 개들이 지나가고 고양이들이 몸을 숨긴다. 간판 불이

꺼지고 가로등이 명암을 분명히 한다. 밤이 진해
진다.

어떤 사람들이 눈에 띄기도 한다. 실제 마음은
알 수 없지만, 아마 눈에 띄기를 바라지 않는 사람
들일 것 같다. 한번은 오피스텔 앞 공용 부지 벤치
에 한 여자가 쓰러지듯 앉아 눈 감고 있는 모습을
본 적이 있다. 나는 다이소에서 플라스틱 바구니
두 개와 스테인리스 배수구망을 사서 아침까지 영
업하는 카페에 앉아 멍하니 시간을 보내다, 불 켜
진 파출소와 불 꺼진 올리브영을 지나 집으로 가
던 길이었다. 생활용품을 산 사람들, 주취자들, 개
들, 벌레들. 많은 생명체들이 살아 움직이고 있었
다. 그리고 여자가 기울어진 각도가 마음에 걸렸
다. 나는 여자와 10여 미터 떨어진 벤치에 앉아 핸
드폰을 들여다보는 척하며 여자를 보았다. 느슨하
게 묶은 머리채와 밑단이 구겨진 바지, 질긴 소재
로 만들어진 지퍼 달린 커다란 장바구니 둘, 손에
쥔 핸드폰이 보였다. 숨소리가 들리지는 않았다.
여자가 벤치에 올려둔 또 다른 짐가방에 파묻히
듯 기울어져 있어 눈을 감고 있다는 것만 알 수 있
을 뿐, 어떤 표정인지도 식별하기 어려웠다. 덥지

도 춥지도 않은 날이었지만 오전 2시 무렵에 저 많은 짐들을 갖고 한길 벤치에 앉아 조는 여자를 나는 지켜보기만 했다. 일어날 때까지 지켜보고 싶었다. 일어날 때까지 지키고 싶었다.

한번은 저녁에 걸었다. 전철역에서 또 다른 전철역으로 이어지는 경로였다. 봄이었을까, 인도에는 사람들이 아주 많았다. 여자들도, 남자들도 많았다. 가판대에서 로또를 사는 사람들, 광역버스를 기다리는 사람들, 주꾸미를 먹자는 사람들, 맥주를 마시자는 사람들, 막 영업을 종료한 미용실에서 나오는 사람들, 역시 이제 진료를 종료한 정신의학과에서 나오는 사람늘, 서브웨이에서 머뭇거리며 주문하는 사람들, 구걸하는 사람들. 대다수가 손이나 어깨에 무언가를 들거나 메고 있었다. 보행보조기에 의지해 천천히 한 발짝씩 떼는 사람들, 누군가의 어깨에 실수로 담뱃불을 지질 뻔한 사람들, 올리브영에서 "어서 오세요, 에뛰드 하우스입니다" 하다가 입을 틀어막은 사람들, 서울시 공용 자전거를 타고 한강 방면으로 달려가는 사람들. 어제 본 사람들, 내일 볼 사람들. 나는 누군가가 나를 지켜보고 있기를 바라며 아무렇게나 걸었다. 그러다 한 횡단보도 앞에서 왼쪽 어깨가 유독 아래로 처진 여자의 뒷모습을 보았다. 마른 체격에 반백인 여자였다. 남색 장바구니를 들고 있었다. 작고 가냘픈 몸집이었다. 녹색 불이 켜졌고, 여자가 천천히, 힘겹게 길을 건너기 시작했다. 걸음걸이가 균형이 맞지 않아 여자는 자꾸만 휘청거렸다. 그래서 내가 주시하게 되었던 것 같다. 마침 여자는 나와 같은 방향으로 걸어갔다. 장바구니를 든 팔이 힘없이 덜렁거렸다. 나는 내가 위협이 될 수 있을지도 모른다는 생각을 하지 못한 채 여자를 따라갔다. 오 분쯤 따라 걸었을까, 여자가 발을 잘못 디뎠는지 크게 휘청했고, 나는 곧장 다가가 저기요, 여자를 불렀다. 겁에 질린 얼굴이 나를 돌아보았다.

도와드릴까요, 나는 말했고, 여자는 두려움이 가시지 않은 얼굴로 나를 한동안 바라보다 고개를 돌렸다. 괜찮으세요, 나는 여자의 등에 대고 말했고 여자는 돌아보지 않았다. 그러고는 아까보다 더 균형이 맞지 않는 발걸음을 재게 놀려 내게서 서둘러 멀어지려고 했다. 나는 따라가지 않았다.

20여 미터쯤 갔을까, 여자가 그늘진 얼굴로 나를 잠깐 돌아보았고, 나는 시선을 피했다.

나는 걸을 때마다 짐을 이고 진 여자들을 본다. 길에는 여자들도, 남자들도 많다. 당연한 일이다. 한데 그런 이들 중에서 유독 크고 무거운 짐을 끌고 가는 여자들이 눈에 띈다. 그들은 때로는 가방을, 때로는 비닐봉지를 들었고, 때로는 마트용 카트나 리어카를 끌고 있다. 그들 중 누군가는 일시적으로, 누군가는 매일같이 짐을 나를 것이다. 어떤 순간에는 생을 한꺼번에 운반하고 있는 사람과 마주쳤다는 느낌이 들 때도 있다. 나는 그들에게 손을 내밀거나 내밀시 않고, 거절당하거나 거절당하지 않는다. 누군가 내게도 손을 내밀거나 내밀지 않을 것이고, 나는 거절하거나 거절하지 않을 것이다.

나는 강경애의 「소금」을 읽으며 그간 목격해온 짐 진 여자들을 떠올렸다. 나는 저들의 사정을 모른다. 나와 비슷하거나 아주 다를 것이다. 우리 모두가 그러하듯이. 개중에는 남편이 죽고, 남편의 아이가 아닌 아이를 낳고, 남의 아이를 먹이는 동안 자신의 아이들을 잃고, 한 몸 보전하기 위해 생사를 가르는 강을 건너야 하는데, 한 발이라도 삐끗하면 온몸을 짓누르는 소금을 모두 잃고 마는 여자도 있을 것이다. 아니다. 없을 것이다. 찬에 소금을 넣고, 땀 흐른 얼굴에서 혹은, 눈물 흘린 뺨을 훔친 손등에서 짠맛을 느끼는 여자들, 소금을 구하지 못해 전전긍긍하고, 마침내 손에 넣은 소금을 머리에 이고 온 생의 무게를 감당해야 하는 여자들. 이런 여자들을 많이 생각했다. 그럴 수밖에 없었다.

해설

*

희구의 시선

소유정

(문학평론가)

다시 읽기, 다르게 답하기

백여 년 전의 소설을 다시 읽는다는 건 경험해 보지 못한 시간을 추체험으로 학습하는 것 외에도 다양한 의미를 갖는다. 그중에서도 시대의 변화나 생활양식의 차이와는 별개로 현재와 공명하는 문제의식을 발견하고 응답하는 것 또한 이전 세대의 작품을 연구하는 중요한 의미일 것이다.

1930년대 여성문학의 근간으로 손꼽히는 강경애의 소설은 계급주의적 현실에서 빈곤을 겪는 하층계급 여성의 삶을 핍진하게 그린다. 수록작 「소금」이 그렇다. 소설 안에서 봉염이네 가족은 빚에 쫓겨 고향을 떠나 간도로 이주하지만 가난은 계속된다. 중국인 지주의 소작농으로 열심히 살아가고 있음에도 자위단과 보위단의 수탈로 인해 어려움을 겪는 탓이다. 그러던 중 봉염 아버지가 공산당에 의해 살해되면서 남은 가족들의 삶은 더욱 척박해지고, 궁핍해진 생활 속에서 아이들마저 모두 죽고 봉염 어머니만이 홀로 남는다. 고난과 역경을 넘어 또 한 번 맞이한 죽음의 문턱 앞에서 마침내 "불길" 같은 깨달음을 얻게 된 여성 인물의 모습은 그 자체로도 무척 인상적이지만, 이 소설이 1930년대 문학으로서 또 강경애의 대표작으로서 특징적이라고 여겨지는 까닭은 봉염 어머니가 이주한 곳이자 돌고 돌아 다시 밟은 땅이 간도이기 때문일 것이다. 강경애의 소설에서 인물들이 이주민 신세가 되거나 한곳에 정착하지 못하고 헤매는 상황은 집필 당시 간도로 이주했던 작가의 실제 경험과도 맞닿아 있다. 이는 강경애의 소설이 간도문학 혹은 간도적 글쓰기라 명명될 수 있는 까닭이기도 하다. 디아스포라적 상황에 놓인 1930년대 민족의 삶을 반추하게 하는 강경애의 체험적 글쓰기는 자연스레 최근의 디아스포라 문학을 떠올리게 한다. 기억을 계승하고 증언하는 포스트메모리 세대 소설에서의 역사적 재현은 현재를 돌아보게 할 뿐만 아니라 미래를 담는 SF소설까지 이어진다는 점에서 백여 년 전 경계인의 몸으로 쓰인 소설은 충분한 의미를 갖는다.

「지하촌」의 경우 우리 사회의 배제적 담론으로 성찰을 필요로 하는 장애 담론과 맞닿아 있다. 주인공 칠성은 팔다리에 신체적 장애를 갖고 있는 인물로 동냥으로 생계를 이어나간다. 얼핏 칠성의 가난은 그의 장애 때문인 것처럼 보이나 인과는 오히려 반대다. 개인의 신체적 결함으로 인해 가난해지는 것이 아니라 가난하기 때문에 인물들은 질병에 시달리고 그것이 장애로 이어지기까지 하는 것이다. 여기서 던져야 하는 질문은 무엇이 그를 가난하게 만들고 있냐는 것일 테다. 불능하고 부적합한 존재로 여겨지는 소수자에 대한 차별과 혐오, 장애를 가진 신체에 대한 적대와 멸시는 사회적 고립을 야기한다. 칠성뿐만 아니라 그가 마음에 품은 옆집의 소녀 큰년이를 비롯한 마을에서 장애를 가진 이들("이 동네 여인들은 그런 병신만을 낳을까") 역시 마찬가지다. 이 소설은 인간 이하의 취급을 받는 인물들이 겪는 가난이 사회적으로 구조화된 배제적인 시선 아래 행해지는 것임을 가장 낮은 자리에서 고발하고 있다.

지금의 현실과 조우하는 담론적 문제와 더불어 강경애의 소설 중에는 당대 지식인으로서 자전적인 고민을 담고 있는 「원고료 이백 원」과 같은 작품도 있다. 연재 원고료로 받은 이백여 원을 어디에 쓸지 "공상"에 빠져 있던 '나'는 남편과의 다툼으로 "공상"에서 깨어나 현실을 마주한다. 졸업을 앞두고 저와 같이 "별의별 공상"에 빠져 있을 후배 K에게 "그 공상에서 한 보 뛰어나와서 현실에 착안"하기를 바라는 내용의 편지글을 읽다 보면 그가 몇 번이고 부르는 K가, 이 소설의 수신인이 꼭 우리인 것처럼 느껴진다. 꼬리를 물고 이어지는 상념을 깨고 눈앞의 현실을 바라보길. 강경애의 소설이 전하고자 하는 '불길' 같은 메시지 하나가 있다면 바로 그것이 아닐까.

겹겹의

이어지는 한유주의 「바라건대」는 회화적이다. 여러 명의 인물에 의해 전개되는 이 소설은 얼핏 각각의 이야기의 접점이 보이지 않으며 그저 장면의 나열인 것처럼 보인다. 그러나 사실 이들의 이야기는 무관하지 않고 회화의 기본 기법인 레이어링layering 방식으로 그려진 것이라고 할 수 있다. 하나의 이야기가 끝나기 전에는 문단 나눔이 거의 일어나지 않는다는 사실로 미루어볼 때 「바라건대」를 이루는 레이어는 총 일곱 개다. 각각의 장면들 혹은 이야기를 레이어라고 부를 수 있는 근거는 충분하다. 우선 시공간적 배경을 레이어의 축적으로 조성한다는 점에서 그렇다. 이 소설은 시간을 알리는 직접적인 서술에 따라 (표면적으로는) 오후 6시 57분부터 9시 5분까지, 두 시간 남짓을 그 흐름에 따라 순차적으로 그리고 있다. 시간의 레이어가 착실하게 쌓였다면 다음은 공간을 만들 차례다. 한강 이남 부근을 비추는 소설은 해당 지역의 도로나 거리 등을 각 장면의 배경으로 삼는다. 이때 한 장면에서 다음 장면으로 넘어갈 때 앞의 표현이 반복 또는 변주되거나("어떤 차의 뒷모습은 너구리 같고, 또 어떤 차의 뒷모습은 개구리 같다고 생각한다", "정면에는 철교가 시야의 대부분을 차지하며 놓여 있고, 그 아래로 버스들과 택시들, 너구리들과 개구리들이 느릿느릿 지나다닌다") 이전 이야기에 등장했던 장소를 인물이 스쳐 지나가는 등의 서술로 인해 각각의 장소가 완전히 다른 곳이 아니라 모두 배경을 이루는 구성 요소라는 사실을 알 수 있다.

여기까지 보았을 때 「바라건대」의 시공간적 레이어는 '어느 오월 금요일 저녁 6시 57분부터 9시 5분. 어둠이 내린 한강 이남 지역'이라는 입체성을 갖게 된다. 이 그림에 양감을 더하는 존재는 아무래도 인물일 것인데, 소설의 등장인물은 여럿이지만 그들의 개별적인 정보는 거의 쓰이지 않았다. 우리가 알 수 있는 건 인물의 이름과 더불어 어디론가 걸어가고, 앉아 있고, 생각하거나 누군가를 바라보고 있다는 현재적 상태에 대한 것일 뿐 그가 몇 살인지, 무슨 일을 하는지, 어떤 목적으로 움직이는지 등 인물을 파악할 수 있는 정보는 모두 소거되었다. 그럼에도 이러한 인물들이 이 소설의 균형 잡힌 양감을 만드는 중요 요인이라고 이해되는 이유는 두 가지로 정리할 수 있다. 첫 번째는 "엘리베이터가 1층에 도착하고, 인화가 예인과 어깨를 부딪힐 뻔하며 밖으로 나온다"는 서술과 같이 예인의 이야기에서 인화의 이야기로 넘어가는 장면에서 보이는 인물 간의 순간적인 마주침 때문이다. 그것은 아주 찰나의 것이고 그래서 희미하지만 이야기의 레이어가 보여주는 층위에 있어서는 효과적인 질감을 나타내는 한 곳으로 유효하다. 두 번째는 보다 근원적인 측면에서 접근할 때 (설령 그에 대한 설명이 충분치 않다고 할지라도) 하나의 개인은 그 존재 자체가 여러 겹의 레이어로 이루어진 역사적 주체인 까닭이다. 이에 한 인물의 삶을 집중 조명하는 강경애의 「소금」이나 「지하촌」을 떠올리는 것도 어쩌면 자연스러운 일이다.

예컨대 홀로 남은 봉염 어머니의 지난한 삶을 그린 「소금」을 보자. 남편과 자식을 모두 잃고 그 역시도 죽을 위기를 여러 번 넘겼지만 봉염 어머니는 끝내 살아 소금을 밀수입히기에 이른다. 소설의 말미에서 순사를 맞닥뜨려 또 한 번의 위기를 맞이했을 때 봉염 어머니는 마침내 자신의 계급적 위치와 정체성을 자각하게 된다. 그동안의 수많은 시련, 관념과 현실, 모성과 애욕, 계급과 민족 사이에서의 혼란을 경험한 후에야 그 모든 것에 대해, '나'에 대해 급진적인 깨달음을 얻게 되는 것이다. 말하자면 「소금」은 마지막 장면에서 봉염 어머니의 자각으로 인해 인물 개인의 서사가 완성

될 뿐만 아니라 그와 같은 하층민의 서사 그리고 시대의 서사를 완성하게 된 셈이다.

이에 비해 「바라건대」에서 조명하는 개인의 서사는 거의 미미하다. 하지만 설명되지 않았을 뿐 이 소설의 인물들이 서사적 존재가 아니라고는 할 수 없다. 한유주가 한 명의 인물에 집중하기보다 여러 명을 등장시키는 방식으로 소설을 직조한 까닭은 아마도 전사前史를 알 수 없는 인물들의 우연한 마주침이 아주 작은 한 부분인 것처럼 보이나 결국 그것들이 모여 또 하나의 서사를 이룬다는 사실을 알고 있기 때문이 아닐까. 이는 수많은 점이 모여 한 폭의 그림이 되는 점묘화처럼 짧은 단어의 나열로 한 편의 소설을 이루기도 했던 한유주의 이전 작업과도 무관하지 않을 것이다. 이처럼 「바라건대」의 서사는 레이어링의 방식으로 인해 만들어진다. 앞서 이야기했듯 그것은 시간과 공간, 인물들의 현재와 그들 사이의 겹침이다. 그런데 여기서 기억해야 하는 것이 있다. 작가가 한 겹 두 겹 밑그림을 깔기 시작한 자리는 백지의 캔버스가 아니라는 사실. "엉망으로 뭉개졌다 다시 잡풀들이 자라나고 죽어 사라진 잡풀들 위로 또다시 잡풀들이 자라나는 갓길 옆 녹지 어딘가에는 그날의 손톱이 썩지 않고 남아 있다"는 사실 말이다. 단지 "보이지 않을 뿐" 그 자리에 남아 있는 어떤 시간들 위에 이 소설은 쓰였다.

'문득'의 감각

시간 위에 쓰였다는 말은 다시 말해 누군가의 삶 위에 쓰였다는 말인 동시에 남아 있는 기억들 위에 쓰였다는 말이기도 하다. 그렇다면 「바라건대」를 이루는 레이어는 기억에서 비롯된다는 주장으로 이어볼 수 있겠다. 이 소설에 등장하는 인물들은 '문득'이라는 부사와 힘께 갑작스레 어떤 생각을 떠올리거나 잊고 있던 오래전의 기억을 환기시킨다. "문득 흰색이 아닌 다마스를 본 적이 없는 것 같다고 생각"하고 "문득 오늘 복권을 산다면 당첨될 것 같다는 기이한 확신에 사로잡힌다"거나 "문득 이십여 년 전 1호선 지하철을 타고 통학하던 날들이 기억"나는 식이다. 그것은 인물의 경험에서 비롯된 것이기도 하거니와 "사건" 혹은 "사태"라고 부를 법한 외부적 발생에 의한 것이기도 하다. 또한 이 '문득'의 감각은 무의식의 꿈틀거림과 같이 "이유를 알 수 없"지만 "갑자기 심장이 세게 뛰"기도 하는 신체적 증상으로 발현되기도 한다.

'문득'이라는 수사적 쓰임과 더불어 기억 회상은 강경애의 소설에서도 빈번하게 나타난다. "토담을 볼 때마다 지금으로부터 사오 년 전 그 어느 날 밤 일이 문득문득 생각"났다거나 "그때 그의 머리에는 뜻하지 않은 고향이 문득 떠오른다"는 갑작스러운 생각의 부상은 인물로 하여금 고민하고 슬퍼하게 만든다. 뜻하지 않게 튀어 오르는 기억들이 인물에 대한 부차적인 설명을 더해주는 가운데 한유주의 소설에서는 이러한 효과가 더욱 부각된다. 현재의 상태 말고는 자신의 이야기를 보여주지 않는 인물들에게서 선연하게 떠오른 기억이 그들의 개별성을 더해주는 이유에서다. 이렇듯 강경애와 한유주의 소설에서 '문득'의 감각이 겹쳐지는 현상은 지금 여기에서 떠오른 기억이 먼 과거의 기억을, 그 시절의 사건 혹은 사태를 불러일으키는 것으로 연결된다.

그리고 어둠 속에서 몇몇 유령들이 기지개를 켜

면서 등장한다. 대교 위에서 휘청이던 사람들, 나룻배로 강을 건너던 사람들, 하류로 휩쓸려 간 사람들, 도로에 집을 내어준 사람들, 사후에 손톱이 뽑힌 사람들, 도망친 사람들, 건설 중인 대교를 바라보며 경이로운 감각에 통증을 느끼기까지 한 사람들, 소금을 실어 나르던 사람들, 새우젓을 실어 나르던 사람들, 묫자리를 도난당한 사람들, 나무를 벤 사람들, 추적하던 사람들, 자식을 잃고 자신을 잃은 사람들.(213쪽)

현현한 기억이 깨운 유령의 시간이 증명하는 건, 그것은 정말로 "보이지 않을 뿐" 사라지지 않았다는 사실이다. 대교가 생기기 훨씬 이전부터 사람들은 자신의 생계를 위해 위험을 무릅쓰고 강을 건넜고, 죽었고, 살아서도 사는 것 같지 않았다. 폐허가 된 자리에 한 겹 두 겹 또 다른 시간을 쌓아 재건한 지금은 그런 흔적을 찾아볼 수 없지만 이렇게 문득 아주 오래전의 모습을 가늠할 때면 우리가 딛고 선 땅의 밑그림을 실감하게 되는 것이다. 이곳은 "동선 위에 동선, 사람 위에 사람, 무덤 위에 무덤"으로 만들어진 자리라는 사실, 그렇게 쌓여온 것들이 여전히 우리의 발밑에 있고 보이지 않은 채로 남아 함께하고 있다는 사실. 그런 것들을 떠올리면 경험하지 못한 시간의 풍경과 지금 여기가 어떻게 같고 다른지를 묻게 된다. 그때의 모습과 지금은 어떻게 다른가? 식민 지배를 받지 않아서 침탈 없고 수취 없고 피난 없는 현재는 안전하다고 할 수 있는가? "어떤 사람들은 죽어가고 어떤 사람들은 그것을 지켜본다"는 점에서만큼은 과거와 현재가 다르지 않은데도 괜찮은 삶이라고 단언할 수 있는가. '문득' 열린 생각의 포문 사이로 긴 물음들이 과거와 현재를 바삐 오갔다.

구하지 않아도 오는 마음

「바라건대」에서 '문득' 과거의 경험을 또는 그에 준하는 선명한 감각을 떠올리는 인물들은 현상現想 이후 작은 변화를 맞이한다. 그것은 "바라건대 서로가 서로의 호위가 될 수 있다면" 하는 생각이 행위로 이어지는 것이다. 그들이 '호위'를 필요로 하는 까닭은 무엇인가? 이는 인물들의 현재 위치와도 긴밀하게 연결된다. 소설에서 각 이야기의 초

점화자가 되는 인물들은 모두 집이 아닌 곳, 즉 도로 위 차 안이나 거리 혹은 번화가 등 바깥 장소에 있다. 그렇기에 이들이 '서로의 호위'를 바라며 타인을 향한 호위에 이끌리는 이유 역시 자신이 외부로부터 노출된 상태이기 때문일 테다. 그러한 마음은 "방향지시등도 켜지 않고 끼어든 검정색 포르쉐 파나메라"에 동하는 것이 아니라 "공격적인 제스처를 취하고 있"음에도 취약한 "스쿠터"에게 향한다. 뿐만 아니다. 소설에 등장하는 인물들은 모두 여성으로 추측되며 그들이 시선을 두고 호위의 필요성을 깨닫는 존재 또한 여성이라는 점도 중요해 보인다.

가령 화영이 이야기에서 그는 자신의 대각선 방향 벤치에 앉아 있는 여자를 관찰한다. "목덜미 부근에서 질끈 묶은 머리카락이 어깨와 겨드랑이 사이에 늘어져 있"고 "목이 늘어난 줄무늬 티셔츠와 남색 혹은 검정색으로 보이는 트레이닝 바지에 허름한 운동화를 꺾어 신은 차림"의 여자는 "마대자루 소재로 만들어진 커다란 짐 가방 두 개" 위에 기댄 채 잠들어 있다. 무슨 사연이 있는지는 모르겠으나 여자는 번화가 주변을 오가는 행인과는 다른 행색이고, 갈 곳이 여의치 않음은 분명해 보인다. 이에 화영은 "여자를 호위하기로, 멀리서나마, 여자를 계속해서 시야에 담고 있기로" 마음먹는다. 화영의 호위는 "맞은편 벤치"에 위협적인 존재("정장 차림의 남자들 둘")가 와서 앉은 후에 좀 더 적극적인 모양새를 띤다. "그들 뒤쪽이자 여자와 몇 미터 가까운 곳에 있는 벤치로 자리를 옮"겨 앉으며 계속해서 여자를 지켜보는 것이다.

화영의 호위가 상대가 눈치채지 못할 정도로 그러나 주시하는 형태였다면 영경과 미아의 이야기에서 호위는 보다 직접적인 도움의 손길로 나타난다. "커다란 상자와 봉투 들이 가득 실린 대형마트 카드를 밀며" 다가오는 "노년의 여자"가 넘어지지 않도록 끌어당기거나 위태롭게 횡단보도를 건너고 있는 "왼쪽이 심하게 처진 어깨로 터덜터덜 걸어가는 여자"에게 도움이 필요한지 묻는 식이다. 대개 그들은 화들짝 놀라 빠른 걸음으로 사라지거나 "경계하는 얼굴"을 보인다. 같은 성별이라고 해도 사건 혹은 사태에 대한 가능성을 지울 수 없는 시대에 이는 어쩌면 당연한 일이다. 가장 취약한 상태에서 내밀어진 타인의 손길에 안도를 느끼기

보다 불안과 공포의 감정이 불쑥 치미는 탓이다. 그러고 보면 이 소설의 방황하는 인물에게 그리고 그와 다른 얼굴을 하지 않은 우리에게 있어 호위나 연대 같은 건 "가능한 불가능"에 가까운 것일지도 모르겠다. 하지만 그렇다고 해서 모든 가능성을 지우고 포기할 수는 없다. 누군가의 호위가 정말로 필요한 사람에게 이와 같은 손길은 "불가능한 가능"이 될 수도 있을 테니 말이다. 그런 변화는 당장 세상을 바꾸게 할 만큼은 아닐 수 있다. 그러나 우리가 발밑의 진동을 느끼지 못한다고 하여 먼바다의 지진이 없는 일이 아니듯 바라는 마음이 하나둘 모인 자리는 더 나은 방향으로 변하고 있을 것이라 믿고 싶다. 영경이 읽던 책의 한 구절을 빌려 이렇게 말해볼 수도 있을 것이다. *"해가 지고 있었고, 내 삶은 변하지 않고 있었지. 아니야, 변하고 있었어. 다만 그때는 인지하지 못했을 뿐이지."*

변화가 계속된다면 이런 생각을 할 수도 있겠다. "여기서 보면 이 도시에서의 삶도 나쁘지 않은 것 같아." 그것은 금세 "착각"으로 바뀌지만 간혹 "착각이 삶을 구원한 적도 있었다"는 사실은 자명하다. 강경애의 소설에도 그런 이들이 있었다. 중국인 지주의 아이를 품고도 그 집에서 쫓겨나 어느 헛간에서 아이를 낳아야 했던 여인을 거두어 준 이웃(「소금」)과 졸업을 앞둔 "친애하는 동생"에게 지식인으로서 자신의 신념을 잃지 않기를 조언하는 다정한 발신인(「원고료 이백 원」)처럼. 한 사람 몫의 생계를 유지하기에도 벅찼던 시절의 이러한 목소리는 호위가 되기에 넉넉하지 않았을 테고, "가능한 불가능"으로 지나갔을 수 있다. 하지만 지금, 기꺼이 당신의 호위가 되기를 택하며 안녕을 바라는 마음은 구하지 않아도 순간의 마주침으로 인해 발생할 수 있게 되었다. 이를 강경애의 소설이 한유주의 소설로 재해석되기까지, 약 백여 년의 시간 동안 만들어진 변화라고 해도 좋을 것이라고, 「바라건대」에 깔린 겹겹의 결과 결코 지울 수도 잊을 수도 없는 밑그림을 응시하며 말한다.

바라건대

초판 1쇄 2026년 4월 20일

지은이 강경애, 한유주
펴낸이 박진숙 | **펴낸곳** 작가정신
편집 황민지 | **디자인** 이현희 | **마케팅** 김영란
재무 김다엘 | **인쇄 및 제본** 한영문화사
표지 및 본문 디자인 석윤이

주소 (10881) 경기도 파주시 광인사길 143 2층
대표전화 031-955-6230 | **팩스** 031-955-6294
이메일 editor@jakka.co.kr | **블로그** blog.naver.com/jakkapub
페이스북 facebook.com/jakkajungsin
인스타그램 instagram.com/jakkajungsin
출판 등록 제406-2012-000021호

ISBN 979-11-6026-376-3 03810

소
설
―――――
잇   다

'소설, 잇다'는 근대 여성 작가와 현대 여성 작가의 소설을 한 권에 담아 함께 읽
는 시리즈입니다. 가부장제와 식민지 체제 아래에서도 자신만의 삶과 문학을 만
들어나갔던 근대 여성 작가의 마땅한 제 위치를 찾아내고, 오늘날의 세상에서는
현대 여성 작가가 어떻게 당당히 길을 내어 그 궤적을 이어나가고 있는지 확인해
보고자 합니다. 시대를 넘어선 두 여성 작가의 만남이 또 하나의 가능성과 희망
으로 이어지기를 기대합니다.